Cuckolds Leid: Cuckold's Delight

Erotische Kurzgeschichten, Band 1

Gilbert Bach

Gilbert Bach

Cuckolds Leid:

Cuckold's Delight

Erotische Kurzgeschichten, Band 1

Confidently Adult | 18+

Bibliografische Information der Deutschen Nationalbibliothek: Die Deutsche Nationalbibliothek verzeichnet diese Publikation in der Deutschen Nationalbibliografie; detaillierte bibliografische Daten sind im Internet über dnb.dnb.de abrufbar.

Erste Auflage 2024

Lektorat: SchreibAtelier Annett Kreil
Typografie, Layout und Cover: Gilbert Bach
Herstellung und Verlag: BoD – Books on Demand, Norderstedt

Gesetzt aus der EB Garamond (11 pt/15,5 pt).

ISBN: 978-3-7597-0637-9

Für A.

Einzigartige!

Wenn der Unselige, der mich gestern besucht hat, ein Mann, dessen Geliebte es mit einem andern versucht, wenn er ganz sicher sein könnte, daß die Gespräche eines andern, die Küsse eines andern, die zärtlichen Einfälle eines andern, die Umarmung eines andern niemals an die seinen heranreichen, wäre er nicht etwas gelassener?

Eifersucht als Angst vor dem Vergleich.

Max Frisch. Tagebuch 1946 - 1949

Vorwort

Liebe Leserin, lieber Leser,

dieser Kurzgeschichtenband ist darauf ausgelegt, Sie zu unterhalten. Außer Ihrem Vergnügen hatte der Autor nichts im Sinn. Damit dies aber auch gelingen kann, müssen Sie jetzt, genau an dieser Stelle, erfahren, was Sie erwartet. Es ist ein *explizites* Buch. Die Sprache ist offen, deutlich und direkt.

Ich muss Sie daher höflich bitten, seien Sie in jeder Hinsicht erwachsen, wenn Sie sich auf diese Geschichten einlassen wollen.

Die Figuren dieser Erzählung handeln immer und zu jeder Zeit *safe*, *sane* and *consensual*. Jegliche Beschreibung von Sexualität ist im wärmsten Sinne einem Lifestyle gewidmet, der für einige ungewöhnlich, für andere aber besonders reizvoll erscheint. Cuckolding ist ein in allen schillernden Farben des Begehrens leuchtendes Miteinander von Liebenden. Alle wissen, worauf sie sich einlassen. Mitunter wird es ambivalent, dennoch werden keine persönlichen Grenzen überschritten, kein Zwang erlebt, niemals Gewalt verübt.

Sie müssen sich dieser Neigung nicht unmittelbar selbst verschrieben haben, um erleben zu können, wie aufregend die Reise sinnlich begabter, hedonistisch-offener Menschen sein kann. Haben Sie Spaß! Nur das will der Text.

27 MINUTEN

Lina wartete seit fast einer halben Stunde auf der samtbezogenen Sitzbank im hinteren Teil des Cafés. Mir kam sie unruhig vor, ungehalten, bereit, wieder zu gehen. Ich hatte erwartet, dass sie nach spätestens zehn Minuten zu mir nach vorne an die Theke kam, um mich zu bitten, sie nach Hause zu fahren. Aber kein Zeichen von ihr. Sie blieb auf ihrem Platz. Zu diesem Zeitpunkt unserer Ehe hatten wir eine gewisse Routine in abgesagten Verabredungen, First-Dates-Enttäuschungen und allerlei ernüchternden Begegnungen. Sobald Datingapps im Spiel waren, musste man damit rechnen, versetzt zu werden. Ich stellte mich also auf einen Abend mit Pizza und dem langsamen Wegdösen vor irgendeiner True-Crime-Serie ein, ihren Kopf in meinem Schoß, das blonde Haar zwischen meinen Fingern, ihr süßer Duft in meiner Nase. Eheglück auf die konventionelle Art. Keine besonderen Vorkommnisse. Außer dass man die Täter eines bestialischen Mordes in Kufstein am Inn oder die dreisten Bankräuber aus Norderstedt bis heute nicht fassen konnte, wie uns die weiße Schrift auf schwarzem Grund vor dem Abspann und unserem endgültigen Zubettgehen dramatisch verkünden würde. Doch zunächst bestellte ich einen Nachtisch. Auch weil ich glaubte, Männer an Theken aßen keine Hauptgerichte. Sie tranken schwarzen Kaffee, rauchten. Und genossen Schoko-Tarte mit flüssigem Kern. Im Hintergrund lief »To Agalma«, heimatliche Klänge für die Besitzerin des französisch eingerichteten Kaffeehauses mit internationaler Bistroküche. Sofi kam aus Thessaloniki und liebte Paris. Ihr kleiner Laden in Derendorf war seit zehn Jahren fester Bestandteil einer lebendigen Stadtteilszene, zu der auch Lina und ich gehörten. Unsere Wohnung im vierten Stock eines kernsanierten Altbaus lag nur zwei Straßen entfernt. »Kommt er nicht?« Sie reichte mir den Kuchen über die Theke und fuhr fort: »Soll ich mich mit einem Cremant zu ihr setzen und einen neuen Typen aussuchen?« Ihr Zwinkern dabei so verführerisch, dass mein Herz direkt schneller schlug. Ich versuchte mich in abgeklärter Haltung. Nicht sicher, ob wenigstens das gelang. »Nein, lass mal. Ich schätze, wir gehen gleich.« Sofi kannte uns gut. Und sie wusste, was ablief, wenn ich an der Theke saß und Lina im hinteren Teil des Cafés. »Irgendwann will ich zusehen, wie du zusehen musst. Aber ich komm ja hier nie raus.« »Ich stehe viel zu sehr auf dich, als dass ich das zuließe, du sanfte Göttin.« Sofi lachte laut, schloss kurz die Augen, zustimmend, und wandte sich zwei jungen Männern zu. Sie wusste, dass ich die Wahrheit sagte.

*

Die Hand auf meiner Schulter hatte ich nicht erwartet. Groß, warm, mit sanftem Druck. Ich aß meine Tarte und hatte die Eingangstür nicht im Blick. Jetzt stand er hinter mir, und berührte mich lange, wie einen alten Freund. »Du musst Felix sein. Schokokuchen? Dein Ernst?« Ich verschluckte mich und hustete nur mit größter Mühe keine Essensreste durch den Raum. Dafür sorgte ich mich sofort, ob noch Reste von Schokolade auf meinen Zähnen zu sehen waren. Seine Hand blieb unerschrocken auf meiner Schulter. »Das Bäuerchen kommt meist erst nach dem Essen, mein Lieber. Darf ich mich setzen?« Ich nickte mit hochrotem Kopf. Mein Blick zu Lina. Sie beobachtete uns sichtlich vergnügt. Und winkte mit einer derart frivolen Geste, dass ich mich fragte, ob man mit den Fingern klimpern kann, wenn die Augen es vormachten. Ihr Gruß galt meinem Sitznachbarn, sein Lächeln, die erhobene Hand, alles Ouvertüre zu meinem Erstaunen. »Hi, ich bin David. Sicher wirst du erlauben, dass ich deiner Frau kurz Hallo sage, bevor ich Platz nehme, nicht wahr?« Ohne meine Antwort abzuwarten, war er schon auf dem Weg zu ihr. Seinen Duft ließ er bei mir. Nicht aufdringlich, aber maskulin, frisch geduschte Selbstsicherheit als olfaktorischer Gruß an den Ehemann. Beeindruckend ab der ersten Minute. David. Hier ging er, in langsamen Schritten, aber schnell genug. In lässiger Haltung, aber nicht unkontrolliert. In stattlicher Größe, gerade recht. Sein blauer Anzug souverän, nicht elitär. Das schwarze Haar voll, auch von hinten. »Was für ein schöner und eleganter Mann!« Sofi räumte meinen Kuchen ab und blickte mit mir den Raum hinunter. »Ach, die kennen sich! Ich dachte, ihr hättet heute wieder ein Blinddate.« Wir beobachteten ihre vertraute Umarmung, sein zärtliches Streichen über ihren Kopf, nach dem Kuss und dem kleinen Wortwechsel. Seine Hand auch auf ihrer Schulter, so, als habe er sie runtergedrückt, als habe er ihr bedeutet: »Setz dich wieder!« Jedenfalls sank sie auf die Bank, gleich einer Novizin, die das erste Mal vor ihrem Herrn knien darf. Ich kannte ihr Gesicht, wenn sie aufgeregt und erregt zugleich war, erwartungsvoll, bereit, zu folgen. Lina saß wieder, wie schon seit fast einer Stunde, David war auf dem Weg zurück zu mir.

*

»Trägst du einen Cage?« Er rauchte dabei seine erste Zigarette. Sofi, die ihm seinen Tom Collins direkt vor uns zubereitete, machte große Augen. David lächelte. Und erklärte es ihr, als hätte ich nicht direkt neben ihm gesessen. »Das ist ein Peniskäfig. Man verschließt da unten alles. So wird aus dem symbolischen Nicht-Dürfen ein praktisches Nicht-Können.« Ich wendete mich Lina zu, suchte ihren Blick über die Distanz, auch um dieser unangenehmen Nähe zu entgehen. Sie nickte mir zu. Mein fragendes Gesicht, nichts anderes konnte ich hinterlassen, quittierte sie mit einer Geste, die nur eines bedeuten konnte: »Dreh dich zu ihm um, lass es geschehen.« Ich seufzte. Und bedankte mich bei Sofi für Davids Getränk. An seiner statt.

Übersprungshandlung, mein Redeanteil: Höflichkeit. David grinste. »Good Boy!« Ich war geliefert. Diese Dynamik hatte ich nicht kommen sehen. »Also, trägst du einen?« »Nein.« Er trank, wir schwiegen. Um uns herum fröhliche Betriebsamkeit. Mir kam es vor, als ob uns alle beobachteten. Wahrscheinlich machten sie nur ihr Ding, hatten Spaß, ein Feierabendbier hier, ein abendlicher Snack dort. Dennoch fühlte ich alle Augen auf meinem Körper, je länger wir miteinander schwiegen. David wirkte sehr gelassen. Eine fast sadistische Ruhe, die er uns hier verordnete, die er über mich legte wie eine Zwangsjacke. Mit der er mich quälte, weil er wusste, ich würde mich nicht trauen, jetzt einfach zu sprechen, nur etwas zu sagen, um selbst aktiv zu sein. Ich begann zu zittern. Er bemerkte es sofort. »Geh mal auf die Toilette, Felix. Zähl mal bis 30, ein bisschen Wasser ins Gesicht und auf die Pulsadern. Ich laufe dir nicht weg. Komm zur Ruhe. Dann bring ich dich um den Verstand.«

*

Frisches, kaltes Wasser. Mir ging es sofort besser. Meine Nervosität blieb unverändert, aber ich hatte die Hoffnung, den Gastraum wieder in einem Stück betreten zu können. Ich hielt das kleine, weiße Handtuch einen Moment länger als nötig vor mein Gesicht, bevor ich es in einen Bastkorb warf und wieder hinaus ins Licht der Gesellschaft trat.

Weiterhin hektische Betriebsamkeit und fröhliche Menschen. Fast alle waren vertieft in Gespräche oder beschäftigt mit ihren Speisen. Fast alle. Ich bemerkte einen jungen Mann in unmittelbarer Nähe. Er saß allein an seinem Tisch und starrte zur Theke, ohne dass er mich wahrnahm. Ich folgte seinem Blick. Und sah Lina auf meinem Platz. Es kostete mich einige Augenblicke, um zu verstehen, was sich dort abspielte. Mir kam es vor, als schaute man auf eines dieser Suchbilder und alle um einen herum riefen »Siehst du das Kätzchen?« Und dann sah man eine Ente. David jedenfalls hatte Linas Barhocker zu sich herangezogen. Sie lehnte mit dem Rücken an seinem Oberkörper, ihr langes Haar fiel hinter seine Schulter, ihre Augen geschlossen, der Mund geöffnet, halb nach hinten gebeugt, in einem Moment den Hals überstreckt, dann wieder nach vorne. Ihr Becken war vorgeschoben, hätte er sie nicht festgehalten, sie wäre vom Art-déco-Hochsitz gefallen. Die schwarzen Heels hatte sie abgestreift oder in dieser Haltung einfach verloren, man sah ihr rechtes Bein nur noch halb bestrumpft mit Halterlosen, über der nackten Stelle ihres Oberschenkels bewegte sich Davids Arm. Ihr schwarzes Minikleid mit offenem Rücken, es war kaum noch zu sehen. Lina hing halb verdeckt, halb offen in einer nach und nach erkennbaren Umarmung, mit seiner Hand in ihrem Schoß. Der Mann, auf den wir heute Abend so lange gewartet hatten, dieser Mann, den ich für ein unpünktliches Tinderdate gehalten hatte, jener Kerl, der mich scheinbar fürsorglich auf die Toilette geschickt hatte, er befriedigte meine Ehefrau gerade mit der Hand. In der Öffentlichkeit. In unserem Stammbistro. Und alle, die es sehen wollten, konnten es sehen.

*

Meine Knie wurden weich, ich musste mich setzen. Der nächste freie Stuhl befand sich am Tisch des jungen Mannes, der Lina und David unaufhörlich beobachtete. »Entschuldigen Sie, darf ich kurz?« »Oh, ja, Verzeihung, bitte!« Es ruckelte und rappelte ein wenig, ich machte mehr Aufsehen, als mir lieb war, mir gelang es nicht, den Stuhl in einer eleganten Bewegung vorzuziehen, auszurichten, mich einfach nur hinzusetzen. Ich entschuldigte mich erneut. Mein Gegenüber musterte mich, lächelte. »Sie saßen doch gerade eben noch selbst auf diesem Platz, oder?« Er zeigte zu ihnen rüber. »Ja.« »Verstehe!« Jetzt lächelte auch ich. »Tun Sie das?« Er musterte mich freundlich, schien dabei die richtigen Worte zu suchen. »Nein, das tue ich nicht. Es geht mich auch nichts an. Aber, was immer es ist, und es findet gerade sehr öffentlich statt, es scheint Sie zu bewegen.« Möglicherweise gelang es mir für einen kurzen Moment, meine Verunsicherung zu überspielen, wahrscheinlich misslang aber auch das auf ganzer Linie. Er hatte es gesehen. Nicht nur Lina und David. Auch meine Erregung, mein aufgewühltes Ich, das sich vor seinen

Augen in sichtbarer Verzweiflung auflöste. »Sie ist meine Frau.« Jetzt war es raus. Er war mir so fremd wie David. Und es kam mir nicht mal seltsam vor, dass die Wahrheit, sei sie noch so schambesetzt, mir wieder etwas Kontrolle verlieh. Ich konnte es benennen. Ich entschied, was dieser Mann erfuhr. Was dort drüben geschah, konnte ich nicht beeinflussen. Nicht in diesem Moment. »Ich heiße Felix, ich bin ein Cuckold. Das ist Lina. Wir sind acht Jahre verheiratet.« Ein langer Atemzug, eine kurze Pause, dann schloss ich die Augen und redete weiter. »Wissen Sie, was das bedeutet? Eigentlich spielt es auch keine Rolle, denn ich hoffe, Sie haben einen angenehmen Abend, genießen ihre, wie ich annehme, kostbare Freizeit, und fühlen sich weder von der Show dort drüben noch von meiner Unverfrorenheit belästigt. Entschuldigen Sie. Erneut!« Er nickte mir zu, wirkte nicht überrascht, nahm es auf, als erzählte ich ihm über das Wetter in Schweden. Unser gemeinsamer Blick galt jetzt wieder Lina und David. Sie saßen nun nebeneinander, als sei nichts geschehen, unterhielten sich angeregt, seine Hand dabei immer wieder in ihrem Haar, auf ihrem Hals, streichelnde Zärtlichkeit, Vertrautheit, schwer zu ertragende, sanfte Intimität. »Wie lange fickt er sie schon?« Ich drehte mich wieder um, zurück zu meinem Gegenüber, starrte ihn an. Wie präzise, dachte ich, und musterte ihn genau. »Gute Frage. Ich weiß es nicht. Vermutlich ist er ...« Er unterbrach mich mit dem Zeigefinger vor seinen geschlossenen Lippen. »Weißt du, Felix, es ist mir eigentlich egal. Sie ist ohnehin zu schön für dich. Bleib mal hier sitzen und kümmere dich um deine Emotionen.« Dann verschwand er zur Theke und ließ mich allein.

*

Sofi legte ihre Hand auf meine Schulter. So, wie eben noch David. Es war ein angenehmes Gefühl, eine Berührung voller Wärme. »Du hast es heute nicht im Griff, was?« Sie hatte mir ungefragt ein Glas Lugana gebracht, wissend, wonach mir der Sinn stand. »Nein, das habe ich nicht.« Sie blieb eine Weile und schaute mit mir rüber. Der junge Mann, dessen Namen ich nicht kannte, stand vor den beiden. Sie wirkten alle sehr aufgeräumt. Die Männer ungefähr gleich groß, weltmännischer Look, wenn auch der eine etwas konformer als der andere, hier schwarzes Haar, dort dunkelbraunes; offener Blick, gepflegte Haut, David glattrasiert und markant, der andere mit ansehnlichem Bart, nicht zu wild, urban, letztlich kein Zweifel: Sie waren beide einnehmend. Für meine Frau galt das sicher, wir konnten es sehen. »Auch wenn das jetzt nicht gerade hilfreich ist, aber ich würde sie auch beide nehmen.« Sofi widmete sich wieder ihren anderen Gästen, nicht, ohne mir beim Weggehen noch kurz zuzuzwinkern. Wieder war ich allein. Lina tauschte nun mit dem Fremden die Position, er setzte sich auf den Barhocker, sie stand in Strümpfen und auf

Zehenspitzen vor den Herren, mal dem einen, mal dem anderen zugewandt. David umfasste ihre Hüfte, zog sie ein wenig zu sich heran und ermutigte seinen Gesprächspartner, Lina anzufassen, es war eindeutig, er gab seine Erlaubnis. Ich hörte es nicht, ich sah es sofort. Der Fremde berührte meine Frau behutsam, fuhr mit zwei Fingern über ihren Rücken, von oben nach unten, bis sich die offene Stelle ihres Kleides schloss, dort verweilte er kurz mit der ganzen Hand, zog sie wieder zurück, griff zu seinem Getränk. Lina senkte den Kopf. Sie genoss, wechselte von festem Stand auf Zehenspitzen, hin und her, auf, ab, schüttelte sich kurz, wie nach einem kleinen Stromstoß oder nach einem heftigen Regenschauer, lachte, wirbelte ihren Kopf herum, ihr Haar flog durch die Luft, ich sah es in Zeitlupe, ich erlebte es als quälende Sequenz, und hielt die Luft an, atmete tief aus, gespannt, selbst elektrisiert, dabei ungläubig und verwirrt. Was geschah dort vor meinen Augen? Ich war nicht vorbereitet. Auf die heißesten Momente unserer Ehe war ich nie vorbereitet.

*

Lina hatte ihre Schuhe in der Hand, als sie sich zu mir auf den Weg machte. Die beiden Herren blieben an der Bar zurück. Meine Frau als Gesprächsthema vermutlich auch. Ich hoffte, sie würde das Reden übernehmen, den Faden auslegen, mich anknüpfen lassen. Im Hintergrund ertönte

»Femme Like U«, an diesem Abend von Monaldin, Emma Peters. Kurze, knackige Spotify-Versionen lagen neuerdings über dem städtischen Leben wie bunter Nebel. Abtauchen, sich neu vorkommen. So war es schon immer. Bis wir die Schuhe, die wir einst selbst verschenkt hatten, vor uns auf dem Tisch liegen sahen, und uns das Funkeln in ihren Augen vollkommen verändert vorkam, so strahlend wie nie zuvor, ein intensives Leuchten, alle Farben: Blau. Nun saß sie also bei mir, mit mir, vor mir, die wunderschöne Cuckoldress, schon umhüllte uns Stephen Sanchez mit »High«, ein Zweieinhalbminüter nach dem nächsten, der Blick meiner Frau konstant, sie fixierte mich streng, liebevoll, klar, auch noch bei LUCKY LOVE & The Gospel: »Now I Don't Need Your Love.« Um uns herum löste sich die Umgebung auf, verschwand im Schwindel, funktionierte wie eine Erinnerung, Wirklichkeit war gestern. Ich wollte hinabsinken, es eingestehen, Sklave sein, ihr zu Füßen, dieser schweigend lächelnden Göttin huldigen, nackt vor Publikum, während sie jedes Detail ihrer Ausschweifungen mit erotischer Färbung auf die Leinwand meines Herzens malte. Sie saß und schaute. »Thing of Beauty«. Danger Twins. Die Welt kehrte zurück. Und ich auch. Langsam fasste ich wieder Fuß, sitzend, nach wie vor. »Du und David. Wie lange? Ich meine, seit wann ...« Jetzt schaute sie an mir vorbei, hob die Hand, ein kurzes Stoppzeichen, dann waren ihre Augen wieder bei mir. »Felix, konzentrier dich. Dort hinten sitzen zwei attraktive Gentlemen, die mich ficken wollen. Heute noch. Beide. Zusammen. Du solltest dich lieber fragen, wie du es schaffst, zusehen zu dürfen. Um nicht so ahnungslos zu bleiben wie in den letzten Monaten.« Dazu »Girls My Friend«, DJ Boqie und DJ Boneng. Ebenso ihr nylonbestrumpfter Fuß in meinem Schritt. »Hände auf den Tisch und Becken nach vorne! Ich will dich hart und wehrlos, Bitch.« Sie deutete einen Kuss an. Und nahm auch den zweiten Fuß zur Hilfe.

*

»Seit Monaten?« Ihre Zehen spielerisch mal hier, mal dort. Lina grinste. »Ja.« Sie war jetzt sehr souverän. Meine Qual und Unsicherheit gefielen ihr augenscheinlich. »Du merkst es nur, wenn ich will, dass du es weißt.« Mir wurde kalt und heiß. Diese Komponente war neu in unserem Spiel. »Hast du gedacht, wir machen nur Ferien auf dem Reiterhof, als du mich das erste Mal Herrin nennen durftest?« Sie zog ihre Füße zurück. Mir kam kein Wort über meine trockenen Lippen. Cuckold und Cuckoldress, bislang hatten wir Dates über mehrere Apps, verhielten uns als Paar dieser Neigung in Clubs, agierten gemeinsam, auch in der Planung. Ihr Grinsen wurde breiter, und ich verstand es jetzt, so, wie man eine Gleichung an der Tafel das erste Mal versteht, endlich kapiert, der Groschen war gefallen. Sie hatte vollkommen recht, unsere Dynamik hatte uns in eine

D/s-Beziehung gewirbelt, und ja, ich hatte mich mit wehenden Fahnen bekannt, mich nicht nur eingelassen, sondern *fully committed*, als sie nach dem ersten Fußkuss, der unsere Rollen symbolisch besiegeln sollte, einer der feierlichsten Momente meines Lebens, sagte:

»Ich bin frei. Du bist es nicht.«

*

Ein wenig vergaß ich die Zeit. Wie lange saßen wir schon hier? Was geschah wann? Mir kam es vor, als müsste Sofi den Laden bald schließen. Aber um mich herum war es immer noch voll. Ich schaute auf den Tisch, wir waren ohne Getränk. Lina verstand. Und handelte auf ihre Weise. »Du rückst jetzt ganz nah an den Tisch heran, Feliboy. Komm näher. Ja, das ist gut. Jetzt öffne deinen Hosenschlitz und hol ihn raus. Schau nicht so verdattert. Raus mit dem Schwanz. Und dann die Hände auf den Tisch. Mach hin!« Sie lachte. »Ist dir das etwas peinlich, Sweetie? Dieses rote Gesicht! Zum Verlieben. So, ich bestell uns mal was zu trinken. Na, na, keine Reflexe. Die Hände bleiben auf dem Tisch.« Sie winkte Sofi heran, ich hoffte auf ein Erdbeben, das den Boden unter mir aufriss und mich mit tobender Gewalt einfach verschluckte. Stattdessen bebte mein Herz, Schweiß rann mir übers Gesicht. Ich blickte nach links, nach rechts. Hoffte, unentdeckt zu sein. Hoffte, Lina würde mich erlösen, den Spaß beenden. Aber sie lehnte sich entspannt zurück. Gleichzeitig war ich hart wie selten zuvor. Wieder Sofis Hand auf meiner Schulter. Ich war sicher, auch wenn sie nichts sah, konnte sie mein Herz schlagen hören. Aber sah sie auch wirklich nichts? Ich drehte mich etwas ein, schob meine Schulter über ihr Blickfeld, jedenfalls so, dass ich annahm, es würde ausreichen. »Was darf es sein, ihr Lieben?« Ihre Stimme, meine pulsierende Härte. Dazu Lina: »Felix, entspann dich, lehn dich zurück, es ist doch nur Sofi!« Ich ballte meine rechte Hand zur Faust, um mir nicht auf die Lippen beißen zu müssen. »Weiß nicht.« Mehr brachte ich nicht hervor. Immer noch in verkrampfter Haltung, und dann spürte ich erneut Linas Füße in meinem Schoß. Nylon auf nackter Haut. »Oh, verdammt.« Meine andere Hand nun auch eine Faust. »Was hat er?« Sofi war anscheinend verdutzt, sehen konnte ich es nicht, meine Augen waren geschlossen, Linas Füße streichelten zärtlich meinen Schwanz, wahrscheinlich nicht mal zu erkennen, bei ihren langen Beinen konnte sie mühelos unter dem Tisch agieren, lässig zurückgelehnt wirken, ihr Pokerface zeigen. »Komm, setz dich zu mir, Sofi. Ich erkläre es dir gerne. Hast du einen Moment?« »Nein, bitte!« »Felix, sei still.«

*

Ich schaute zu Boden, an mir vorbei, konzentrierte mich auf die Maserung des Holzbodens, versuchte, ein Muster zu erkennen, hoffte, Sofi würde wieder gehen, beschäftigt, und alles bliebe unbemerkt. Stattdessen hörte ich: »Oh!« Es war geschehen, sie hatte verstanden, vielleicht sogar gesehen, was sich abspielte, mein Blick blieb abgewandt, ich fühlte mich ausgeliefert wie nie zuvor. Und blieb konstant erregt. »Verzeih mir, verzeih *uns*. Aber, wie du siehst, bekommt es sonst keiner mit. Ich bin vorsichtig und will deine Gäste nicht belästigen. Soll ich aufhören? Mein Ziel habe ich schon erreicht.« Nun blickte ich zu den beiden Frauen. Sofi hielt sich mit einer Hand an der Tischplatte und hatte den Kopf unter dem Tisch, um zu erkennen, was Lina ihr zu zeigen bereit war. Lina warf mir einen Kuss zu, dann nahm sie ihre Füße von meinem Schwanz, entblößte ihn vor unserer Gastgeberin. »Wow. Der ist hübsch, Felix.« Sie tauchte wieder auf, souveräner und von der Situation weniger geschockt, als ich dachte. »Auf dich warten zwei Typen. Leihst du mir deinen Mann?« Sie zwinkerte meiner Frau zu. Lina behielt mich im Auge und antwortete mir, nicht ihr: »Nur in deinen feuchten Träumen, mein Lieber.« Dann wandte sie sich liebevoll Sofi zu. »Er steht total auf dich. Aber, glaube mir, der Kleine kommt nach 30 Sekunden. Hübsch, aber, na ja. Es lohnt sich nicht, Süße.« Wieder zu mir: »Pack ihn wieder ein, es reicht.« Ihr harscher Ton, die Demütigung zuvor, Sofis bedauerndes Gesicht, all dies ließ meine Erregung in sich zusammenfallen. Ich fummelte und rutschte herum, war wieder vollständig bekleidet und fühlte mich wie Federvieh im strömenden Regen. »Aber hilf mir doch bei den beiden Sahnetorten da drüben an der Theke. Ich schaffe schon David kaum, der ist wie eine Maschine, wenn du weißt, was ich meine.« Jetzt giggelten sie wie Teenager. »Da musst du durch. Ich schaffe heute überhaupt keinen mehr. Mein Tag war echt anstrengend, ihr zwei Verbrecher. Trinkt ihr noch was? Ich gebe einen aus.« Linas Enttäuschung war nicht zu übersehen. Sofi zwinkerte mir zu, stand auf, wieder legte sie die Hand auf meine Schulter. Ich hatte das Gefühl, noch sanfter als zuvor, streichelnd und liebevoll. »Zwei Weißwein, sehr gerne. Danke dir. Für alles.« Ich hatte meine Stimme zurück.

*

»Wie heißt der andere Typ? Er ist ziemlich forsch.« Lina trank einen Schluck Wein, schaute an mir vorbei zu den Kerlen. »Pierre, glaube ich. Irgendein Art Director in irgendeiner Werbeagentur hier um die Ecke. Ja, forsch trifft es. Charmant aber auch.« »Ich mag, dass der heutige Abend auch für dich noch eine überraschende Komponente enthält.« Lina runzelte die Stirn. »Wirklich? Magst du das wirklich? Oder weißt du nur noch nicht, was dir bevorsteht?« Natürlich. Ich hatte heute nichts zu gewinnen. Die ausgleichende Gerechtigkeit, die in der Überraschung der Überraschenden lag, war schon längst zu meinen Ungunsten umgeschlagen. Es war Smalltalk, den ich hielt. Ein verzweifelter Versuch, meinen Kopf über Wasser zu halten. »Feliboy, sie beschnuppern sich gerade, die beiden Alphamännchen. Sie prüfen, ob sie sich sympathisch genug sind, mich beide gleichzeitig zu vögeln. Ob sie Berührungsängste haben. Ob es ihnen gelingt, obwohl sie sich nicht kennen. Nicht eingespielt sind aufeinander. David wird von mir erzählen. Was ich mag. Wie ich mich bewege. Wann ich komme. Kann sein, dass sie sich auch gegenseitig die Welt erklären. Aber, mein süßer Schatz, im Wesentlichen planen sie, wie sie mich zum Schreien bringen, wie sie dich quälen können. Und wie gelänge das besser als mit ihren Schwänzen in meiner Pussy, in meinem Arsch, gleichzeitig, Babe, zwei Hengste, eine Stute. Ich wette, sie wollen, dass du zusiehst. David will das schon lange. Er ist besessen davon, dich vor ihm auf den Knien zu sehen. Wie du ihn bittest, dass er mich nimmt. Mich dir wegnimmt. In mir abspritzt. Dieser Pierre ist wie sein goldenes Ticket in eine unvergessliche Nacht. Ich hatte ihm eigentlich nur in Aussicht gestellt, dich mal kennenzulernen, dich ein wenig zu necken, mit ein paar Geschichten von uns zu teasen. Aber schau, da sind sie nun, die beiden Helden. Also, sag mir noch mal, willst du das wirklich?«

*

»Willst du es denn?« Ich war auf einmal sehr ruhig. Jeder

Satz von ihr war wie eine Bestätigung meiner Rolle. Sie hielt die Leine. Locker oder fest. Unsichtbar oder tatsächlich. Das war es, was uns antrieb. Wir liebten uns, wir liebten, wer wir füreinander sein konnten. Ich habe schon gesehen, wie Männer sie mit ihren Körpern um den Verstand gebracht haben. Und genoss jede Sekunde. Auch als sie in ihr kamen, mir entgegenriefen »Ich habe sie vollgespritzt, du Loser«, mich um ein Handtuch baten, nachdem sie mit ihr geduscht hatten, mich gar nicht beachteten oder mit mir plauderten, als sei ich einer ihrer Arbeitskollegen. In einem Fall *war* ich der Arbeitskollege, in den meisten Fällen sahen wir die Herren nie wieder. Sah *ich* sie nicht wieder, spielten sie für mich keine Rolle mehr. Außer als Erinnerung. Ein neues Ereignis, ein nächster Schritt, nur die Weiterentwicklung ins Unvermeidliche. Was sollte mir schon geschehen, wenn sie es wollte? Sie führte, ich folgte. Lina griff nach meiner Hand. »Nein, ich will es nicht. Nicht heute. Komm, Boy, zieh mir die Schuhe an. Und dann rennen wir fort. Heimlich. Kaufen uns an der Ecke eine große Pizza, trinken Wein aus der Flasche und schlafen auf unserer Couch ein. Wir werden wach, du leckst mich. Ich edge dich, bis du darum bettelst, kommen zu dürfen. Mal sehen, ob ich es erlaube, während ich dir erzähle, was ich mit den Jungs anstellen werde. Beim nächsten Mal. Dir erzähle, was David schon alles mit mir angestellt *hat*. Dann essen wir die letzten Reste der kalten Pizza. Und schlafen wieder ein. Ich in deinen Armen. Wie zwei Verliebte, beinahe wie ein ganz normales Ehepaar. Deal?« Ich merkte, wie sich mein Gesicht aufhellte, wie ich strahlte. Nicht, weil ich davonkam. Nicht, weil ich nicht wollte, dass es geschah. Mir ging das Herz auf. War meine Liebe zu ihr je stärker als in diesem Moment? Wahrscheinlich nicht. Ich griff nach den Heels, sie hielt mir ihre Füße entgegen, einen nach dem anderen, ich auf Knien, anders als sich David es vorgestellt haben mag, sie befriedigt, anders als es sich Pierre vorgestellt haben wird. Sie half mir wieder hoch, ich hielt ihre Hand. Und ließ sie nicht mehr los. Als ich mich umdrehte, um mit meiner Frau zu flüchten, standen David und Pierre direkt vor mir. Ich zuckte kurz, hatte nicht damit gerechnet. Offenkundig waren sie nun bereit, sie wirkten entschlossen, sie bauten sich vor mir auf. Doch, ohne dass ich selbst etwas sagen musste, hörte ich Lina hinter mir. Die Dame entschied das Spiel. »Pierre, es tut mir leid. Bitte gib David deine Nummer. Du kommst zum Zug, ich verspreche es dir. Nur nicht heute Nacht. Der Sklave hat genug. Wir ziehen uns zurück, meine Herren. Haben Sie vielen Dank, ehrenwerte Gentlemen!« Ich merkte, wie sie an meiner Hand einen höflichen Knicks machte. Ich sah, wie die beiden Verführer verführt wurden. Auch sie mussten heute lediglich mit der Vorstellung leben, der Aussicht auf das Mögliche. Und ich wusste, sie hielten das aus. Genauso, wie ich wusste, dass ich sie bald wiedersehen würde.

***

3 STUNDEN

Das Theater war gebucht. Jetzt gab es kein Zurück mehr. Wir saßen auf dem Rücksitz der für uns bestellten Limousine. Jade in transparenter weißer Bluse mit avantgardistischem Schnitt, kein BH. Sie trug gar keine Unterwäsche, wie sie mir vor der Abfahrt erzählte. Weiterhin nur einen schlichten Rock, der ihre Form betonte, lang, bis auf die Knöchel. Auch keine Schuhe. Sie war barfuß, mit blutrot lackierten Nägeln, passend zu den Händen. Unschuld und Sünde in einem Look, Stil und Rollenbild schon auf dem Weg zur Session. Er wollte sie so. Sie gehorchte ihm aufs Wort. Mein Outfit war ihm egal, und so flüchtete ich mich in die Sicherheit, die mir blieb: dunkelblauer Anzug, Einstecktuch passend zum Oberteil meiner Frau. Dabei folgte ich der einzigen Bedingung, die mir für mein Erscheinen auferlegt wurde, auch ich hatte barfuß zu sein. Das war unser Branding für heute Nacht, es gab keine unterschiedlich farbigen Bändchen, keine anderen Erkennungszeichen. Nur 30 geladene Gäste und zwei, deren Position und Aufgabe in diesem stilvollen Gefüge sofort erkennbar war.

*

Wir fuhren auf ein großes Industriegelände, stillgelegte Schienen, umgewidmete Lagerhallen entlang der Fahrt.

Hier Bürogebäude, dort ein Yogastudio, Bistros und Cafés, Platz für Foodtrucks, Arbeiten am Tage, Feiern in der Nacht. Weiter hinten, wir fuhren noch eine ganze Weile, wieder freies Areal, große Flächen für Parkplätze und Warteschlangen, raumgeplante Ouvertüre für die imposante Halle, Backstein und Glas, warmes Licht aus bodentiefen Fenstern, eine Eventlocation für Großstädter und Touristen, angesagte Partys, exklusive Events, alles, was das feiernde Herz begehrte.

*

Es regnete, eine Neonreklame des Veranstaltungsortes spiegelte sich im Wasser, das sich in Schlaglöchern auf dem Boden gesammelt hatte. Heute Abend fand keine öffentlich zugängliche Party statt, dementsprechend leer war das Gelände. Einzig auf dem schmalen roten Teppich, der vor dem Eingang der Halle zu erkennen war, einige Menschen in eleganter Kleidung, die Herren hielten Regenschirme, nur vereinzelt hakte sich eine Dame ein, eine weitgehend männliche Schlange. Und nun wir, in einer schwarzen Limousine, die auf einem reservierten Parkplatz in Sichtweite hielt. Unser Fahrer stieg aus, ich erwartete, dass er Jades Tür öffnete, zupfte meine Kleidung zurecht, beugte mich leicht vor, um das Publikum vor dem Eingang ins Auge zu nehmen. Doch schon stand der Fahrer vor meiner Tür, öffnete sie, blickte zu uns hinein. »Darf ich bitten, mein Herr? Ihre Frau wird noch kurz die Fahrt bezahlen, Sie werden schon erwartet.« Er nickte zur Halle, bedeutete mir, auszusteigen. Ich setzte meinen Fuß hinaus, überrascht, und landete in einer Pfütze. Wasser spritze mir das Anzugbein hoch, ich taumelte ein wenig beim Ausstieg, raffte mich ungeschickt an der Schulter des Fahrers auf, da mich meine Füße zunächst nicht ganz hielten. Der harte, nasse Untergrund, hier ein Steinchen, dort die erste Kante, fehlende Schuhe, fehlende Sicherheit. Ich bat um Verzeihung, der Fahrer nickte erneut, jetzt höflich. Dann stieg er wieder ins Fahrzeug. Auf meinen Platz. Neben meine Frau. Verdunkelte Scheiben. Erst stärker werdender Regen, einige Sekunden nur das, dann begriff ich zeitverzögert. Sie *zahlte* unsere Fahrt.

*

Ich ging um das Auto herum, schaute mich um, tastete mich auf sensiblen Sohlen vor. »Hi, ich bin Laura, deine persönliche Assistentin. Magst du kurz?« Eine hübsche junge Dame, vermutlich Mitte zwanzig, halb so alt wie ich, hielt mir ihren Schirm entgegen. Ihr makelloses Gesicht nahm mich gefangen, ihr Lächeln wirkte beruhigend. Ein freundlicher Empfang in einer für mich unsicheren Situation. »Entschuldigung, aber sicher.« Ich nahm den Regenschirm entgegen, sie schlüpfte an meine Seite, hakte sich ein, war in ihren Heels einige Zentimeter größer als ich, roch fantastisch. »Gehen wir rein. Ich kümmere mich heute um dich, Ben.« Hinter uns die Limousine, vor uns eine kleine Warteschlange aus nur noch drei männlichen Gästen, schwarzer Anzug, Krawatte, alle von sportlicher Gestalt, ihre Augen bei mir, ihre Unterhaltung nicht zu hören. »Es war nicht vorgesehen, dass sie dich schon hier draußen sehen. Es gibt leider keinen Hintereingang. Aber mach dir bitte nichts draus. Ich bin bei dir.« Laura schob mich über den nassen, roten Teppich an ihnen vorbei, ihre Hand auf meinem Rücken, führend, sanft; der Türsteher trat zur Seite, wir betraten das Foyer. Sie drehte sich um, ließ mich dabei aber nicht los. »Gabriel, kannst du bitte alle abfertigen, bevor Jade mit ihrem Blowjob fertig ist? Ich möchte, dass sie ungestört reinkommen kann. Super, danke dir, du bist ein Schatz!« Mir gab sie einen kurzen Klaps auf den Hintern. Und schob mich weiter hinein.

*

Das ehemalige Industriegebäude hielt mehrere Bereiche vor, die den Bedürfnissen der Feiernden gerecht werden sollten. Bar, vier Clubs mit unterschiedlichen Konzepten, Gastro aller Art und zwei Theater, eines davon hauptsächlich als Kino genutzt. Das größere der beiden war unser heutiger Schauplatz. Geschlossene Gesellschaft. Im ganzen Haus. Nur die geladenen Gäste und wir, wenn man es so verstehen wollte: als Act. Laura führte mich durch lange Flure, wir gingen durch Brandschutztüren, an eingelagertem Equipment vorbei, ließen Snackautomaten und Kühlschränke hinter uns, bis wir mehrere Räume erreichten, auf deren Türen Schilder angebracht waren. Ein Backstagebereich wie jeder andere. Hin und wieder eine Treppe, leere Kartons, zwei verlassene Stofftiere, Staub auf Flächen. Der Charme des Gewöhnlichen als Kontrast zur glamourösen Welt vor dem Vorhang. Auf meiner Tür, ich sah es kurz vor dem Eintritt, kurz, knapp, unverblümt: »Cuckold«. Vorbei waren wir schon an »The Lady« und »Hengsttränke«.

*

Ich hatte nur eine grobe Vorstellung von dem, was mich erwartete, die Anweisungen für diesen Abend waren im Informationsgehalt so schwach wie sie als Ereignisankündigung feierlich waren. Unabhängig davon musste ich lachen. Laura runzelte die Stirn, vermutlich erwartete sie Aufregung, sichtbare Nervosität oder Unsicherheit, alles, nur niemanden mit Humor. Ich zeigte auf die erste Tür: »Für mich ein Knoppers, für die Hengste Poppers? Seid ihr vorbereitet?« Sie hatte keine Ahnung, wovon ich redete. Das amüsierte mich noch mehr. »Tritt ein, Ben. Whatever.« Ein Ledersofa, Tisch und Sitzsäcke, dahinter ein kleiner Kühlschrank und Sandwiches in Frischhaltefolie auf einem langen Board an der Wand, Musik aus Speakern.

»Masculinity« von LUCKY LOVE. Die Atmosphäre: Dutzende Teelichter. Ich atmete tief ein. Was auch immer auf mich zukommen sollte, mir gefiel, wie sie es vorbereitet hatten.

*

Laura schloss hinter uns die Tür, entfernte sich einige Schritte von mir und nahm mich dann ausführlich ins Visier. Ich legte den Regenschirm in die Ecke, sie musterte mich bei jeder Bewegung, wartete, bis ich etwas verlegen vor ihr stand, anderthalb Armlängen entfernt. Auch ich betrachtete sie jetzt ausführlich. Ihr Hosenanzug in Royalblau, freie Knöchel, weiße Nylonsöckchen mit Spitzenbund, ihre Füße in pinkfarbenen Heels, die Fingernägel passend, der Lippenstift ohnehin, aber sehr dezent, nur ein Knopf des Oberteils geschlossen. Ihre Oberweite in Szene gesetzt, gerade richtig, kein Top, keine Bluse, einzig ein weißer BH. In ihrer Jackentasche sichtbar: weiße kurze Handschuhe, Spitze, wie für eine Hochzeit. Laura grinste, als wir uns in die Augen sahen, unsere Blicke waren uns nicht unangenehm. »Deine Frau ist wunderschön, Ben. Ich habe sie schon oft bei Marc getroffen.« Das war mir peinlich. Sie hatte selbstverständlich recht. Aber nun waren wir hier, schauten uns in die Augen, wir lernten uns kennen in einem Raum namens »Cuckold«, mir fiel keine Antwort ein, die mich nicht an meine Rolle erinnerte oder einen unverbindlichen Flirt, der mir durchaus angemessen schien, lässig in Gang setzen konnte. Sie unterbrach mein Schweigen: »Ich mach mal Musik. Warte.« Die Boxen waren schnell mit ihrem Handy verbunden. Wir hörten: Jill Barber. »Petite fleur.« Bei den ersten Takten bewegte sie ihren Oberkörper, ihre Hüfte im Rhythmus, die Füße leicht in Schwung, ihr Lachen strahlend. »Hach, Ben, ein Glas Weißwein, eine Strandbar in Südfrankreich, wir zwei, tanzend. Fuck, ich find dich echt süß.« War sie in jugendlicher Frische naiv? Oder diabolisch? Ich war mir nicht sicher. Jedenfalls fügte sie eine weitere Schicht hinzu, einen zusätzlichen Layer meiner Verzweiflung. Meine Ehefrau gehörte einem anderen Herrn, und dieses heiße Girl malte ihre Unerreichbarkeit in plastischen Farben hinter meine Augenlider, indem sie einfach sagte, wie es sein könnte, aber niemals sein wird.

*

»Gut, mein Lieber, wir sollten uns mit dem heutigen Abend befassen. Ich erkläre dir jetzt mal das eine oder andere, den Rest erfährst du auf der Bühne.« Laura zeigte auf das Sofa. Wir setzten uns nebeneinander. Sie legte ihre Hand auf meinen Oberschenkel und fuhr fort. »Wenn wir gleich da oben sind, werde ich die Gastgeberin des Abends sein. Ich leite ein, hole Marc auf die Bühne, er will sicher etwas sagen, dann moderiere ich, kontrolliere die Regeln.«

Sie streichelte sanft über meine Anzughose und rückte noch näher an mich heran. »Du riechst gut, Daddyboy. Aber, wo war ich?« Ihre Augen funkelten, ich begann zu schwitzen. »Ah, ja, Regeln. Kurzum, ich erkläre sie gleich. Coram publico.« Sie griff mir zwischen die Beine, war noch näher, beließ die Hand nun ruhig in meinem Schritt. »So ist gut. Ich will dich hart.« Laura vergrub ihr Gesicht in meinen Nacken, küsste meinen Hals, wich ein Stück zurück. »Willst du mich ficken?« Ich schaute sie irritiert an. »Jetzt?« Sie lachte. »Schon gut, es tut mir leid. Ich wollte sehen, wie einfach es ist ... Okay, also Folgendes ...« Sie stand auf, ging zum Kühlschrank und öffnete sich eine kleine Wasserflasche. »Es geht in 20 Minuten los. Zieh dich aus.« Sie ging Richtung Tür. »Ich kontrolliere da draußen mal, ob alles bereit ist, ob Jade bereit ist, all diese Dinge. Dann komme ich wieder, und du bist nackt. Kapiert?«

*

Ich brauchte einen Moment, atmete schnell, wurde nervös. »Ja, Laura, das habe ich verstanden.« Sie nickte. »Gut. Und keine Sorge, Ben, ich bin heute Abend dein Safe Space. Du wirst immer wissen, wo ich bin, ich halte immer Kontakt. Schau mir in die Augen, dann weißt du, dass alles gut ist.« Sie öffnete die Tür, drehte sich noch mal zu mir um. »Ben, sagst du laut und deutlich Stopp, ist die Veranstaltung beendet. Zu jeder Zeit. Niemand wird dir böse sein. Wenn ich gleich wieder da bin und sehe dich nackt, weiß ich, dass es dir gut geht. Bist du noch im Anzug, gehe ich allein raus, spendiere eine Runde Drinks, und wir fahren alle wieder nachhause. Okay?« Ich nickte. Sie war verschwunden.

*

Marc war Direktor einer hiesigen Bank, er antwortete auf eine unserer Kontaktanzeigen. Schon in den ersten Minuten unseres ersten Dates war mir klar, dass Jade ihm verfallen würde. Er war groß, mit vollem grauem Haar, eloquent und charmant, mit seinen 54 Jahren in jeder Hinsicht salonfähig. Alles an ihm strahlte Sicherheit aus. Wir trafen uns in einer Bar, Tom Collins für mich, Hemingway Daiquiri für Jade, Marc trank Old Fashioned. Er flirtete mit meiner Frau unverblümt, nicht so, als sei ich nicht anwesend, sondern vielmehr so, als sei es das natürlichste der Welt. Die Anziehung der beiden war offensichtlich, der Rahmen schnell gesteckt, wir alle wussten, warum wir hier in anregender Atmosphäre Zeit miteinander verbrachten. Schon nach der ersten Runde zahlte er, bestellte dabei noch einen weiteren Drink, einen Tom Collins für mich, und verließ die Bar mit Jade. Sie kehrte erst am nächsten Nachmittag wieder zurück in unsere Wohnung, war auf beinahe friedliche Weise sehr ruhig, in sich gekehrt, schaute mit mir angekuschelt in warmer Decke einen romantischen

Film, weinte, schlief ein, aß lustlos am Abend, ging früh zu Bett. Sie verarbeitete etwas, das sie nicht mit mir teilte. Etwas hatte sie ergriffen, bewegt, verändert. Sie hat nie über diese ersten Stunden mit Marc geredet. Wochen vergingen, sie hielten Kontakt per Messenger, trafen sich selten, wenn, dann stets ohne mich. Irgendwann luden sie mich zu einem gemeinsamen Abendessen ein, mich wunderte das »Wir würden uns freuen« sofort, ein Tisch beim Italiener, gehobene Kategorie ohne Geigen und gespielter Operette. Noch bei der Vorspeisenplatte übernahm Jade das Kommando. »Ben, um es kurz zu machen: Marc ist mein Herr, ich bin sein Fickstück. Das ist unglaublich schön. Ich liebe alles an unserer Beziehung.« Sie trank einen Schluck Wein. »Wenn du irgendeine Rolle spielen willst, dann wirst du ihn jetzt darum bitten.« Es traf mich wie einen Schlag. Sie blieben beide gelassen. »Na?« Jade fasste nach. »Du meinst, ich soll ... hier? Um was soll ich ihn denn bitte bitten ... hast du Fickstück gesagt, Jade?« Meine Gedanken flossen eins zu eins über meine Lippen. Marc lächelte, übernahm. »Okay, ich verstehe. Das ist vollkommen normal. Beruhige dich, atme tief ein, atme langsam aus. Schau mich an. Ja, so ist gut. Also, Boy, machen wir es so.« Er drehte sich leicht zur Seite, strecke seinen Fuß vor, sein schwarzer Lederschuh wurde unter der weißen Tischdecke sichtbar. »Du kniest dich dort jetzt hin, küsst meine Schuhspitze. Mehr nicht. Reden ist gar nicht notwendig. Es ist leicht, besiegeln wir es, Cucki. Deine Zugehörigkeit ist ihr wichtig, ist auch mir wichtig, weil sie mir wichtig ist. Full circle. Du wolltest diese Rolle, okay, dann los. Respekt und Anerkennung. Du wirst es nicht bereuen.«

*

Jetzt an diesem Abend, hier in meiner Garderobe, musste ich wieder an diese Szene denken. Daran, wie ich schließlich kniete. Daran, wie ich sie in dieser Nacht das erste Mal zusammen erlebte. Vor seinem großen Bett hockte. In seinem Penthouse. Nun waren wir also hier. Mittendrin. In einer weiteren Ausprägung seines Einfallsreichtums. Ich erinnerte mich an seine Worte an diesem Abend, atmete tief ein und langsam aus. Dann begann ich, mich auszuziehen.

*

Ich betrat die Bühne an Lauras Hand und zu »Fado« von Milky Chance. Vor mir ein französisches Bett, Boudoir-Atmosphäre, Spiegel, mehrere, einer besonders beeindruckend an der Rückseite des Bettes, ein Schminktisch, große Läufer, sogar zwei Kronleuchter, die imposant über der Kulisse thronten, warmes Licht, auch an den Rändern des Theaters gedimmte Behaglichkeit, Publikum auf samtbezogenen Sitzen. Vorne, am Bühnenrand ein BDSM-Möbel, schwarz, Leder, befestigte Hand-, Waden- und Fußschellen, eine Halsschelle, ein Taillengurt: der Sklavenstuhl. Auf ihm eine Augenmaske. Der Raum war wohltemperiert, meine Gänsehaut bekam ich nicht durchs Frieren. Die Aufregung übermannte mich, ließ mich von Schritt zu Schritt unsicherer werden, überwältigte mich vollständig, als mich die versammelten Gäste mit Applaus begrüßten. Ich drohte zu fallen, doch Laura griff mich fester, signalisierte mir »Das wird«. Dann schob sie mich neben den Sklavenstuhl, ich stand frontal zu Menschen, die ich nicht kannte, auf einer Bühne, nackt, hilflos, ängstlich, erregt, elektrisiert, voller Scham, dann wieder Stolz, es wenigstens bis hierhin ohnmachtsfrei geschafft zu haben. »Meine Damen, meine Herren, herzlich willkommen!« Lauras Bühnenpräsenz war mitreißend, ihre Stimme klar, warm, einnehmend. Ich begann, zu zittern. »Es ist mir eine Ehre, Ihnen einen ganz besonderen Menschen vorstellen zu dürfen. Ohne ihn wären wir nicht hier. Ohne ihn müssten wir das Abo unseres Kopfkinos noch einen Monat verlängern, wären weiterhin allein mit uns, ohne dieses bevorstehende, spektakuläre Vergnügen. Hier ist er also ...« Ich erwartete Marc, doch Laura zeigte auf mich. »Schicken Sie doch einfach noch einen weiteren herzlichen Applaus hinterher, wären Sie so nett? Hier ist Ben, der zauberhafte Cuckold.« Das Publikum erhob sich. Und klatschte so lange, bis Laura mich vollständig auf dem Fesselstuhl fixiert hatte und die Augenklappe saß. Mit ihrem zärtlichen Kuss auf meine Wange war die Vorbereitung abgeschlossen. »Vielen Dank, nehmen Sie gerne wieder Platz!« Es raschelte vor mir, Menschen in Bewegung, Lauras High Heels in meinen Ohren, sie entfernte sich auf Holzboden wie ein Model, so hörte ich ihren Gang, so wollte ich sie sehen, hinter meiner Augenmaske. Wieder Musik. The Avener, Waldeck, Patrizia Ferrara: »Quando, Quando«.

*

Nach der Musik die Stille. Kein Gefühl für Zeit, im Dunkeln wartend, gefesselt vor Publikum. Geraune und Getuschel, mehr vernahm ich nicht. Ich kam mir nicht nur entblößt vor, ich war es. Jeden Blick, der auf mich gerichtet war, meinte ich zu spüren. Das, was es zu sehen gab, war nur ich. Kannte ich jemanden? Kannte mich jemand? Ich versuchte, mich zu konzentrieren. Doch keine Chance. Vielleicht sahen sie schon mehr, hinter mir auf der Bühne, neben mir. Aber die Stille deutete darauf hin, dass ich im Fokus stand. Als Vorspiel, als erster Akt. Ich versuchte, mich abzulenken, dachte daran, was Marc dieser Abend gekostet haben musste. Ein bemerkenswerter Aufwand, auch für jemanden, der scheinbar grenzenlos Geld ausgeben konnte. Ein Theater für eine Privataufführung, mehr noch, die gesamte Partylocation, Kulissenbau, Einladungen, Organisation, vermutlich Catering. Je mehr ich darüber nachdachte, desto mehr machte es mir Angst. Die Show musste gut werden. Dann Schritte. Männlicher Gang. Die Geräusche aus dem Publikum nahmen ab, jemand war neben mir angekommen. Ich konnte ihn riechen. Es war Marc. Er streichelte über mein Haar, und begann zu sprechen. »Liebe Gäste, es ist mir eine große Freude. Danke, dass Sie alle meiner Einladung gefolgt sind. Wir kennen uns aus unterschiedlichen Konstellationen, haben mal mehr, mal weniger intensiv die eher dunkelbunten Seiten unseres Privatlebens miteinander genießen dürfen, heute Abend sind wir hier, heute Abend feiern wir ein ganz besonderes Fest. Mit Jade, die wir gleich hier auf der Bühne erleben werden, bin ich nun schon seit fast genau zwei Jahren zusammen.« Marc pausierte kurz, kniff mir ins Ohr. »Und diesen hübschen Cucki hier gab es gratis dazu.« Gelächter, fast wie eine Erleichterung. Nur nicht für mich. »Jedenfalls ist ihre Ausbildung beendet. Betrachten wir die nächsten Stunden als ihre Abschlussprüfung. Das ist ein großer Moment für uns alle. Auch für mich.« Er nahm mir die Augenbinde ab, ich blinzelte kurz, wandte mich ab, schaute an mir herunter. Die Scheinwerfer blendeten mich, Marcs souveräne Nähe schüchterte mich ein. »Ben, schau mich an! Ja, gut so. Bist du bei mir? Fein.« Er sprach jetzt nicht mehr zum Publikum, schaute mir in die Augen, sein Ton blieb aber unverändert, bezog alle ein. »Deine Frau ist meine Sklavin. Wenn wir formal werden wollten. Das klingt so profan. Hat aber eine Bedeutung. Denn Jade ist weit mehr als das, sie ist inzwischen aufgeblüht als Lustdienerin, als promiskes Flittchen. Ich durfte sie teilen, ihr bei der Entfaltung zusehen, erleben, wie sie um Bezeichnungen wie diese bettelte. Aus freien Stücken. Sie will eine *Hure* sein, Ben. Verfügbar, bereit, an meiner Leine - sei sie locker oder stramm gehalten -, Ben, es geht um: *alle* Männer. Nur nicht du. Wir werden es gleich sehen, liebes Publikum, Sie werden es erfahren und mitgestalten ...« Er wandte sich wieder ans Plenum. »Sie wird vor unseren Augen erblühen, sie wird in unseren Händen und unter unseren Körpern lebendig werden: Jade, die Kurtisane.« Wieder streichelte er über mein Haar. »Genießen Sie den Abend. Laura erklärt Ihnen kurz den Ablauf. Sie ist gleich bei Ihnen, in der Zwischenzeit, Sie sehen es schon an den Tabletts, die Ihnen von der Seite aus gereicht werden, trinken Sie auf uns, trinken Sie auf Jade, prosten Sie Ben zu, der Champagner ist gleich bei Ihnen.«

*

Das Licht erhellte jetzt den ganzen Saal, die Gäste tranken, sie unterhielten sich, das eine oder andere Auge auf mir, die meisten jedoch mit ihrer Aufmerksamkeit bei Laura, die eine Schultafel auf Rollen neben mich schob, die Räder fixierte und dann von einem Block ablas, als sie sich wieder ans Publikum wandte. »Liebe Gäste, Sie sehen es auf der Tafel. Das ist für Sie sicher die leichteste Übung, für ihn hier bestimmt nicht.« Sie zeigte auf mich. »Machen Sie, wenn Sie fertig sind, einfach einen Strich. Wir wollten es ein wenig ordinär, denn der Arme kann ja nicht zusehen, daher also ein Strich bei ›Hals‹, ›Pussy‹, ›Arsch‹, eventuell ein nächster bei ›Double Penetration‹ oder ›Dreilochbehandlung‹, je nachdem, ob Sie an einer solchen Orgie beteiligt waren. Die Tafel steht im Sichtfeld des Cuckis, sie erfüllt also eine wichtige Aufgabe. Ihr benutztes Kondom bitte in den Eiskübel werfen, den Jade gleich mit auf die Bühne bringen und zwischen den Beinen des Cuckis platzieren wird. Wenn Sie nicht im Kondom gekommen sind, sagen Sie es dem Cucki persönlich. Damen dürfen die Hure heute leider nicht genießen, verzeihen Sie uns das bitte, aber dies erschien uns angesichts all der männlichen Lust, die sich über sie ergießen wird, als etwas zu messy. In Ihrem Sinne, Ladies. Bei jeder weiteren Gelegenheit: gerne. Hochwillkommen ist es, wenn unsere weiblichen Gäste den Cucki ein wenig teasen, berühren sie ihn, sprechen sie mit ihm. Versprechen Sie sich aber nicht zu viel, wie ich hörte, ist seine Erektion fragil. Gut, was gibt es noch zu sagen?« Sie prüfte ihre Notizen. »Ach ja, meine Herren, Sie können ablegen, wo Sie mögen. Merken Sie sich nur den Ort ihrer Kleidung. Hinter der Bühne steht Ihnen ein kleiner Pausenraum zur Verfügung. Hier können Sie sich erfrischen, stärken, sich austauschen. Jede zweite oder dritte Runde ist erlaubt, wie Sie können, meine Herren. Und, genau, eine Reihenfolge gibt es keine. First come, first served. Danach überlassen wir es dem Flow. Viel Spaß. Halten Sie sich nicht zurück, denn davon lebt unsere entzückende Libertinage am heutigen Abend.« Laura legte ihren Block zur Seite, zog ihre weißen Handschuhe an und kniete sich vor mich. Sie berührte mich an den Innenseiten meiner Oberschenkel, langsam, fuhr auf und ab, sah, wie es mich erregte, griff nach meinem halbsteifen Schwanz, packte ihn so hart, dass er sich sofort wieder zurückzog, statt weiter zu wachsen, funkelte mich an. »Kleine Loser, niemals würde ich dich ficken.« Danach stand sie wieder auf, zog die Handschuhe wieder aus. Wie Marc vorher streichelte sie mir nun über das Haar. Ich sah an mir herab, hörte nur noch ihre Stimme, die mit einem Male wieder sanfter, liebevoller war. »Schon gut! Ich weiß. Aber du sitzt nicht umsonst in diesem Stuhl. Ich bin in der ersten Reihe und halte Blickkontakt, wie besprochen. Du kannst es jederzeit beenden.«

*

Jade betrat an der Hand von Marc die Bühne. Sie war ebenfalls nackt, nicht weniger überwältigt von der Atmosphäre als ich es war, ich sah es an ihrem umherschweifenden Blick. In der anderen Hand hielt sie den Eiskübel. Sie spielten »Aournd My Neck« von FINNEAS. Der Applaus spektakulär. Der Hauptact wurde sofort gefeiert. Schräg vor mir die Tafel, gerade so, dass sie noch zwischen mir und Bühnenrand passte. Sie würden an mir vorbeigehen müssen, um ihre Striche zu machen. So war es gewollt. Ich sah den ersten Mann, der sein Jackett in die Hände seiner Frau legte, sie küsste, und sich das weiße Hemd aufknöpfte, während er Richtung Bühnenaufgang aus meinem Sichtfeld verschwand. Ich hatte bislang niemanden erkannt. Das erleichterte mich ein wenig. Wenigstens das! Jade und Marc standen nun vor mir, hatten mich nach kurzer, herzlicher Interaktion mit dem Publikum erreicht. Jade schob den Eiskübel zwischen meine Beine, die Kälte schoss mir in die Oberschenkel. Das Gefäß hatte einen Deckel. Sie hob ihn kurz an, senkte ihn wieder. Der Kübel war bis zur Hälfte mit Eiswürfeln gefüllt. Marc schien amüsiert zu sein, wie ich meine Frau beobachtete. »Erniedrigung, aber mit Stil. Wir sind doch keine Barbaren. Auch dein Auge fickt mit.« Er zeigte auf den Deckel. Jade schaute mir lange in die Augen, sah, wie mein Blick zwischen Publikum, Marc, Laura und ihr hin- und herwanderte, zog meine Aufmerksamkeit aber durch schiere Beharrlichkeit auf sich. Die direkte Nähe zu meiner Frau war mir peinlich. Ich hatte Angst davor, mich ihr verletzlich zu zeigen, hoffte gleichzeitig, etwas Verletzliches in ihr zu entdecken, ein Zeichen, das Hoffnung gab, ein kurzer Moment der Nähe, es sind doch immer noch wir zwei, oder? Ihr Lächeln blieb kühl, ich schrieb es der Anspannung zu, klammerte mich an die Kraft meiner Interpretation. Sie nickte. »Ben, ab heute alle. Buchstäblich. Nur du nie wieder.« Dann bat sie Marc, nicht fordernd, eher in Vorfreude, sie von mir wegzuführen. Den ersten Strich machte Marc. Das überraschte mich nicht. Vorrecht des Herrn. Er zog eine kurze Linie unter »Hals«, auch das war mir klar. Ich hatte es gehört. Hinter mir. Es musste noch vor dem Bett gewesen sein, sicher war ich mir nicht. Marc stellte sich vor mich, ohne Kondom, zeigte auf die von ihm gezeichnete Kategorie, sagte »in ebendiesem« und verpasste mir eine Ohrfeige. »Und jetzt, viel Spaß!« An diesem Abend sah ich ihn nicht wieder.

*

Nach einer Stunde war keine Kategorie mehr ohne Strich. Laura sagte die Zeit an, irgendwann war wohl Schluss, jetzt offenbar noch lange nicht. Die Eiswürfel im Kübel vor mir schmolzen nur langsam, ich zählte acht Kondome, verlor aber langsam den Überblick. Jade schrie ihre Lust in den Saal. Vor dem Typ, der nun ohne Tüte vor mir stand und »auf die Titten« sagte, hatte sie einen Orgasmus gehabt, der mich am ganzen Körper erzittern ließ. *So* hatte ich sie nie zuvor gehört. Auch nicht mit Marc. Ich war gespannt, wer sich mir zeigen würde. Und zitterte noch, als er direkt vor mir stand. Es war ein eher dünner, junger Mann, nicht zu viele Muskeln, nicht zu wenige, blonde Locken, ein Typ wie ein Surfer. Das Kondom zog er von seinem immer noch harten Schwanz direkt vor meinen Augen ab, kurz, nachdem er auf der Tafel seinen Strich unter »Pussy« gemacht hatte. Er lachte. »Willst du ihn sauber lecken?« Dann klatschte er mir sein Tool an die Wange, hob den Deckel des Eiskübels, warf das Kondom in den Kübel, verschloss das Gefäß wieder und wich einen Schritt zurück.

Er blieb nah. »Ja, so zittert die Kleine auch immer noch. Die will mich wiedersehen, jede Wette.« Er verschwand. Laura brachte eine der Damen mit auf die Bühne, beide hockten sich vor mich hin. »Anderthalb Stunden, Ben. Hälfte geschafft.« An den beiden drängten sich zwei Kerle vorbei, hinterließen ihre Striche bei »Double Penetration«, »Arsch«, »Pussy«. Es waren inzwischen so viele, der Abstand zwischen den Strichen wurde immer enger, das Zählen gab ich auf. Jade stöhnte schon wieder, sie gönnten ihr keine Pause. »Wann hast du das letzte Mal mit ihr geschlafen?« Die Dame stellte sich als Silvia vor. Ihre Hand lag auf meinem Knie, ihr Blick an mir vorbei auf das Bett gerichtet. »Ich weiß es nicht.« Sie nickte. »Das dachte ich mir. Nun, was ich weiß, ist, dass mein Mann sie gerade fickt. Er fickt sie wie der Frühling. Scheiße, die kleine Schlampe hat's drauf. Was für eine Kondition.« Sie sah Laura an. »Darf er kommen?« »Nein, Silvia, tut mir leid.« »Wie schade. Ich wollte dich in meiner Hand kommen lassen, während Stefan in ihr kommt. Gibt es noch Champagner?« Laura führte sie wieder ins Publikum.

*

Nach zwei Stunden gab es eine Pause. Lana del Rey vom Band. »Westcoast«. Unter mir in den Rängen unterhielten sich Gäste, einige verließen den Saal, andere zogen sich an. Laura war nicht zu sehen, darüber hinaus versuchte ich, jeden Blickkontakt zu vermeiden. Dann stand Jade vor mir, eine Flasche Wasser in der Hand, einen Bademantel lose um den Körper gelegt. Man konnte sehen, wie verschwitzt und verklebt sie war. Sie setzte sich auf mein rechtes Bein, mit dem Rücken zu mir, mit den Zehenspitzen auf dem Boden. »Geht's dir gut?« Ihre Frage an mich. »Ich weiß es nicht, mein Herz. Ja und nein. Es ist *gewaltig.*« »Ja.« Ihre Replik knapp, halb erschöpft, halb anerkennend. »Es ist unfassbar geil, Ben. Der Szenenapplaus zwischendurch? Irre, oder? Sie sehen alle zu, sie machen alle mit. Du hier, gefesselt. Ich geh' mal kurz duschen, geht ja gleich weiter.« Nun war ich wieder allein auf dieser großen Bühne.

*

Die letzte Stunde war entspannter. Für alle. Auch ich hatte vorher eine Pause bekommen, durfte in meine Garderobe. Ich bat darum, den Kübel nicht mehr zwischen den Beinen halten zu müssen. Laura war einverstanden. Sogar die Tafel war verschwunden, als ich an ihrer Hand auf die Bühne zu den Klängen von »Tuyo«, dem Narcos-Theme, zurückkehrte. Das Prinzip hatte gewirkt, nun ging es nur noch ums Vergnügen. Die Ersten machten sich bereits auf den Weg, ich saß lässiger, nicht mehr gefesselt, allerdings mit der Auflage, mich nicht umzudrehen. Ich gewann den Eindruck, das Tempo hinter mir ließ nach. Wie mir schien, gab es auch penetrationsfreie Begegnungen. Es hatte keine Bedeutung mehr, ob sie kam oder wer kam, in dieser Hinsicht war »alles gesagt« an diesem Abend. Irgendwann holte sie Marc von der Bühne, ohne dass noch etwas gesprochen wurde, ich erkannte ihn am Schritt, alles daran war auch ungesehen elegant und fürsorglich. Ich schloss die Augen, bis schließlich Laura vor mir stand. »Die beiden sind mit der Limousine weg, Ben. Soll ich dich irgendwohin mitnehmen?« »Ich habe tierischen Hunger, Laura.« Sie lachte. »Ich auch. Mäcces?« Nun lachte ich mit. Und stimmte ihr zu. »Zieh dir was an, die machen in einer Stunde zu.«

*

Wir saßen schweigend bei Neonlicht und Resten eines Gelages. Der Heißhunger hatte uns deutlich zu viel bestellen lassen. Ich schaute hinaus in die Nacht, auf nassglänzende Straßenbahnschienen und vorbeifahrende Autos. Hin und wieder ein Passant, jeder zweite mit Hund. Laura nuckelte an ihrer Sprite und malte mit einer Pommes Muster in die Mayonnaise. Die Vertrautheit und Selbstverständlichkeit zwischen uns war seltsam, aber sehr angenehm. Wir lächelten einander an, schwiegen einfach weiter. Jemand räumte unser Tablett ab, nicht ohne uns zu fragen, Laura checkte ihre Nachrichten auf dem Smartphone. »Ich begleite dich noch zum Auto. Es ist nicht weit, wir, also ich wohne nur ein paar Straßen von hier entfernt. Ich gehe zu Fuß.« »Okay, Ben, so machen wir das.« Unsere

Verabschiedung war herzlich, sie hielt mich fest umarmt, bevor sie in ihr Auto stieg. Sie lenkte ihren roten Golf auf die Straße und war verschwunden. Ich machte mich auf den Weg. Barfuß. Im Regen.

***

8 TAGE

Sie hielt mich seit letzter Woche verschlossen. Wir erwarteten James für 20 Uhr. Meist war er pünktlich. Ich hockte in Halterlosen, Halsband und Peniskäfig auf einem Kissen im hinteren Teil des Wohnzimmers, frisch rasiert am ganzen Körper, mit Babyöl gepflegte Haut. Mit dem Gesicht zur Wand, die Hände hinter dem Kopf, Expose. Wartend, wie mir geheißen. Das war neu für mich. Alles Ritualisierte haben wir bislang vermieden. Hier ein kleineres Symbol, dort sichtbare Zeichen, heute wollte Anne mich als Sissy. Eindeutig. Unmissverständlich. Meine Strümpfe weiß, der Cage pink, das Halsband aus Satin mit Spitze, Schleife und Glocke, weiß und rosa. Auf einen Plug verzichtete sie bewusst, heute ginge es gerade auch um meine totale Enthaltsamkeit. Sie verkündete dies fast feierlich, als sie sich den Schlüssel meiner Einschränkung am Nachmittag um den Hals hing. James war seit über einem Jahr ihr fester Freund, seither stellte sie unsere Ehe unter das für mich geltende Motto: »Never inside.« Ihr Liebhaber war 47 Jahre alt, sein Körper makellos und definiert, er war auf unspektakuläre, aber kompromisslos anziehende Weise hübsch, männlich, stand mit seinen braunen Augen und dem markanten Gesicht groß gewachsen in der Welt, als kümmerte ihn nichts und niemand, außer das Wohlbefinden und die Aufmerksamkeit *aller* Frauen, gab ihnen das Gefühl, dass er sich in den wichtigen Momenten ganz der Auserwählten widmen würde, machte sich dadurch unwiderstehlich, blieb eine Projektionsfläche der Sehnsucht für die meisten, wurde aber zum erotischen Lebensinhalt für die eine, zum Glück und Unglück des zur Nebenrolle bestimmten Ehemanns: für die meine. Wenn sie Sex hatten, trafen sie sich ohne mich. Bislang. Daher machte mich der heutige Abend besonders unruhig, versetzte mich in eine innere Spannung, die durch einen gewissen Gewöhnungseffekt ihrer offenen und manchmal heimlichen Begegnungen mit der Zeit etwas verloren gegangen war. Auch ich sah James regelmäßig, zweimal im Monat luden sie mich zum Essen ein. Wobei sich die Einladung darauf beschränkte, dass ich beim gemeinsamen Restaurantbesuch dabei sein durfte; selbstverständlich zahlte ich die Rechnung. James war Amerikaner, lebte seit fünf Jahren in Deutschland und leitete eine private Klinik für Gefäßchirurgie in Düsseldorf. Er konnte sich einen Lifestyle leisten, von dem Anne in vollen Zügen profitierte, und der mich zusätzlich demütigte, obwohl ich gut verdiente. Darum ging es ihm nicht, darum ging es Anne nicht, aber jede teure Rechnung, die ich übernahm, jedes Kleidungsstück, das ich ihr kaufte, damit sie es exklusiv für ihn trug, war wie eine Bestätigung meiner Rolle, jedes Mal aufs Neue. Es benötigte keine Peitsche, um geschlagen zu werden. Nach unseren Abendessen fuhr ich nachhause. Allein. Sie gingen in ein Hotel, sie übernachteten in seinem Haus oder fuhren über das Wochenende an die See, nach

London, nach Paris, wohin auch immer es ihm gerade angemessen schien, um Anne 24/7 genießen zu können. Wollte ich in dieser Zeit kommen, weil ich mir sie zusammen vorstellte oder einfach nur angestaut, aufgestaut und geil war, musste ich James per Textnachricht darum bitten. Das wollte sie so, damit sie sich nicht mit meiner Lust beschäftigen musste. Er antwortete unregelmäßig, wenn, dann meist ablehnend. Manchmal hielt ich mich nicht an seine Anweisung. Ich beichtete es stets, nach ihrer Rückkehr *verhörte* sie mich ausführlich. Das Ritual war immer gleich. Wir trafen uns mit Steffi, ihrer besten Freundin in einem Café. Die beiden Frauen führten einen ungefilterten BFF-Talk, kein Detail aus Annes Liebesleben blieb ausgespart, zwischendurch musste auch ich berichten. Darüber, wie es mir erging, als sie weg waren. Was ich fühlte. Ob ich wichste. Mit oder ohne Erlaubnis. Wann ich an sie dachte. Wie im Detail ich an sie dachte. Ob ich litt oder genoss. Auch Steffi stellte Fragen. Meist war sie interessierter an meiner Gefühlslage als Anne. Die Ambivalenz meiner Stimmungen faszinierte sie sehr. Das permanente Pendeln zwischen Eifersucht und Lust, mein inneres Durchspielen der sexuellen Handlungen meiner Frau, dann wieder das Nicht-Wissen-Wollen, heute Wut, fast Trauer, wie jemand, der verlassen wird, dem ein anderer vorgezogen wird, morgen das Betteln um Wiederholung, der Schrei nach sexueller und emotionaler Demütigung. Mitunter stieg Steffi ein, übernahm für einen kurzen Augenblick die

Regie, und Anne ließ sie genüsslich gewähren. »Alex, geh auf die Toilette, hol dir einen runter, wichs in deine Boxershorts, zieh dich wieder an, komm wieder. Ich möchte mich mit Anne in Ruhe über James' schönen Schwanz unterhalten. Sei ein Schatz, verzieh dich kurz.« Anne kontrollierte und bestrafte, hielt mich bei Fehlverhalten keusch, wusste, dass mich genau das am meisten quälte. Meine Libido war stark, meine Position schwach.

*

Um kurz nach acht rief James an, er würde sich verspäten, vor ihm auf der Autobahn ein Unfall, vermutlich verzögerte sich seine Ankunft um eine Dreiviertelstunde. Anne zitierte aus dem Telefonat, befahl mich ins Schlafzimmer: »Cunnilingus für den Cucki. Er soll dich an den Rand treiben, anheizen. Unterbrich ihn mit einer Ohrfeige, wenn du drohst, zu kommen, deine Orgasmen gehören mir.« Meine Ehefrau verhielt sich ihm gegenüber devot, sie liebte es, sich ihm hinzugeben, ihn kontrollieren und beherrschen zu lassen. James spielte seine Karten aus, ohne jemals gefragt zu haben, sich seiner sicher, ohne übergriffig zu sein. Aus jeder Pore verströmte er ein dominantes Odeur, dem Anne nicht widerstehen konnte, eines, das sie sich herbeisehnte, wenn es fehlte, dem sie sich entgegenwarf, nur um es riechen zu dürfen. So beschrieb sie es mir gegenüber. Ihm gegenüber *war* sie einfach, ihrerseits vollkommen natürlich.

Nun hockte ich vor ihr, befriedigte sie so, wie James es wollte, schmeckte sie, fühlte ihre Vorfreude, ihre Hitze, ließ mich von ihrer Feuchtigkeit benetzen, mich heranziehen, in ihre Erregung einbeziehen, aktiv, doch als Zaungast. Ich kassierte mehrere Ohrfeigen, erlebte, wie ihr Frust sich in Aggressivität verwandelte, die sie gegen mich richtete, und nicht gegen den, der ihr den Orgasmus verweigert hatte. »Mach deinen Job, du kleiner Wichser. Los, weiter. Streng dich an. Wenn ich nicht an ihn denken würde, käme ich so nie.« Zwischendurch zog sie ihr Bein über meinen Kopf, stand auf, tigerte in der Wohnung umher, kehrte zurück, zwang mich auf den Rücken, setzte sich auf mein Gesicht, schob mich zum Facefuck zurecht, ritt, rutschte auf meine Brust, spuckte in meinen offenen Mund, als ich nach Atem rang, verließ mich wieder, checkte ihr Handy, schrie: »Fuck, wann kommt er endlich. Verschwinde auf dein Kissen, mir reicht das jetzt. Raus aus dem Schlafzimmer, ab auf die Knie.« Es verging eine weitere Viertelstunde.

Dann klingelte es endlich an der Tür.

*

Ihre Begrüßung fiel herzlich aus. Ich hörte sie hinter mir wie ein Paar, das sich nach einem langen Arbeitstag vertraut begrüßte. Ohne Floskeln, keine zögerliche Annäherung in Anwesenheit des Ehemanns. Sie begegneten sich, als sei ein auf Knien vor der Wand platzierter Cuckold nichts weiter als ein gängiger Dekorationsgegenstand. Ich sah nicht, ob er auf mich achtete, mich hinter meinem Rücken begutachtete, mit abfälligem Blick verachtete. Erstmals fühlte ich, dass meine Frau in einer weiteren Beziehung war, neben mir auch mit James zusammen oder neben James auch mit mir. Ein Schauer lief durch meinen gesamten Körper. Darauf war ich nicht vorbereitet. Ihr leidenschaftlicher Kuss, er begleitete mein Elend, minutenlang, so, als hinge ihr Leben an ihren Lippen, als dürstete es sie schon seit Wochen, immer weiter hinein, voller Gefühl, direkt durch ihre Körper auch in mein Hirn, als Schmerz, als harte Gewissheit, brutale Unveränderlichkeit. All meine Vorstellungen, wie sie sich in Lust begegneten, das unaufhörliche Durchspielen von Sex, hartem Sex, wildem Sex, hiergegen wirkten meine Qualen wie ein fröhlich-unschuldiger Kindergeburtstag. Intimität! Vertrautheit. Eifersucht, keine männliche, sich in Vergleichen aufhaltende, nein, Eifersucht als expressives Gewitter, Sieg oder Niederlage, wozu brauchte es mich? Meine Gedanken rasten, schnelle Bilder, hin und her. Zu mir war sie harsch und brutal, noch vor wenigen Minuten, mit ihm zerfloss sie in schieres Gefühl, direkt hinter mir. War das umkehrbar? Dominanz und Unterwerfung, wo endete das Spiel? Ich war kurz vor dem Zusammenbruch, als sie voneinander abließen. »Ich gehe kurz ins Bad«, sagte James. Plötzlich hatte ich Panik davor, mit Anne allein zu sein. Jetzt ihre Nichtbeachtung, in diesem Moment ein harter, kühler Satz, das würde ich kaum ertragen. Aber es dauerte nur einen kurzen Augenblick, dann stand sie hinter mir, strich mir durchs Haar, küsste meine Schulter, sank zu mir hinab, umarmte mich zärtlich von hinten, legte ihren Kopf bei mir ab, gab mir Geborgenheit. Sie war so voller Liebe, es reichte für zwei.

*

James löste sie ab. »Wir kommen gleich nach.« Anne ließ mich los, stand auf, verließ den Raum. »Kommst du allein hoch oder brauchst du Hilfe? Wie lange hockst du da schon?« Sein fürsorglicher Ton überraschte mich, doch helfen lassen wollte ich mir nicht. Ich kam mir vor wie ein alter Mann, ein Bein nach dem anderen, mit eingeschlafenen GliedmaßenLewandowsky, müder Geist, stand aber schließlich vor ihm, matt, ängstlich, eingeschüchtert in meinem Outfit, das zwar sexy, aber auch lächerlich sein konnte, je nachdem, wie man es sehen wollte. Wie wollte er es sehen? Was wollte er sehen? Zwei erwachsene Männer voreinander, dem einen rutschten die Halterlosen von den Oberschenkeln, dem anderen beinahe das Gesicht aus. *Stay in character.* Das mochte Schauspielern gelingen, uns gelang es nicht. Wir mussten beinahe gleichzeitig lachen. Befreiend, verbindend, jeglicher Lächerlichkeit überlegen, denn wir waren echt, uns unserer Situation bewusst, den anderen sehend. Merkwürdig, alles, aber wahrhaftig. Durch das Lachen hindurch wich meine Verunsicherung echter Bewunderung. James war haargenau so, wie Anne ihn beschrieben hatte. Mir körperlich in jeder Hinsicht überlegen. Er stand nackt vor mir. Und ich konnte mich nicht satt sehen. Brutale Perfektion. Man wollte ihn einölen, um ihn im Gegenlicht glänzen zu sehen, nur, um dieses Bild als Idealbild von Männlichkeit für immer abzuspeichern. Anne spielte Musik, aus dem Schlafzimmer sanfte Klänge: Dido. »Some Kind of Love.« Für eine Weile standen wir nur so da, lauschten dem Gesang, schauten uns an. Das Lachen war einem Lächeln gewichen.

Ruhe vor dem Sturm.

*

Unsere Begegnungen bislang nett, niemals respektlos, die gemeinsamen Abendessen, öffentlich-freundschaftlich, eine Frau mit Ehemann und Lover. Ich spürte, bald würde sich die Dynamik ändern, wir standen nicht vor einer Runde »Mensch, ärgere dich nicht«. Anne war bereit, mir zu zeigen, was sie wollte, brauchte, wonach sie sich verzehrte. Und sie wollte mich in diesem Outfit vor ihrem Herrn. James wurde ernst, deutete an sich hinab. »Küss mir die Füße, Cucki!« Ehrerweisung wurde verlangt, Demütigung geschenkt, was sicher stattfand: meine Entmännlichung. Wie ein archaischer Akt des Siegers über den Besiegten, noch bevor er bei seiner Niederlage zusehen musste.

Und so fühlte ich mich einerseits wie ein sehr erwachsener Mann, stolz und selbstbewusst, freiwillig gezwungen, zu sich und der Welt stehend, als freier Mensch, modern und emanzipiert, andererseits war ich der Ehemann, der als Liebhaber nicht mehr infrage kam, abgelehnt, nicht ausreichend, auf Körperlichkeit reduziert, mit den natürlichen Fähigkeiten zurückgewiesen, auserwählt und abgewählt, von den Urinstinkten der Liebe verhöhnt, symbolisch zeugungsunfähig, weil sie einen anderen vorzieht. »Hör auf zu denken, runter! Zeig Respekt, und wehe, du stoppst, bevor ich es sage.« Er kam näher, packte meinen Kopf, hielt beide Hände von oben auf mir und übte gleichmäßigen Druck aus, nickte, unterstrich sein Ansinnen mit klarem Blick. Bis ich folgte und hinabsank, mich seinen großen, schmalen Füßen mit dem Gesicht näherte, seinen Geruch in der Nase hatte, frisch, natürlich gut, überhaupt nicht unangenehm. »Anne, es ist so weit!« Er rief sie zu uns, sie folgte schnell, ihr Handy in der Hand. Auch sie zeigte auf seine Füße, schaute mir direkt in die Augen. »Los!« Dann machte sie Fotos, begleitete uns mit »Ja, großartig« oder »So, ist's brav.«, sah, wie ich seine Fußrücken küsste, abwechselnd links und rechts, führte selbst Regie, trieb voran, »Lutsch ihm den großen Zeh, davon wird er steinhart«, und sagte schließlich »Moment, davon brauchen wir ein Video«, als James nach Minuten, die er sichtlich genossen hatte, mit der Hand in meinem Haar die Zeremonie beendete: »Und jetzt wirst du mich in aller Form darum bitten, deine Frau zu ficken. Korrekte Anrede, kein Gestammel.« Die Kamera lief, Anne kam näher, ich kniete vor dem Paar, sammelte mich, schwieg, holte tief Luft, versuchte gleichmäßig zu atmen, um nicht zu stottern. Es gelang, ich sprach das Unvermeidliche. »Sir, bitte ficken Sie meine Frau!« Anne hockte sich zu mir, rückte dicht an mich heran, hielt mit dem Video weiter auf mein Gesicht. »Sehr gut, Schatz! Süßer, kleiner Hase.« Sie strich mit einem Finger über meine Wange. »Wenn er mich schwängert, wirst du bald Papa. Stell dir vor, dann warst du sogar dabei.« Sie beendete das Video, nahm James an der Hand, nahm mich an der Hand.

»Kommt, Jungs, ich bin bereit.«

*

James übernahm im Schlafzimmer sofort das Kommando. In einer einzigen, fließenden Bewegung schob er Anne vor sich auf das Bett, drückte sie mit dem Oberkörper nach vorne in die Matratze, so, dass sie halb vor dem Bett hockte, halb auf ihm lag, seine Spannweite dabei beeindruckend, mit einer Hand drückte er ihren Kopf in die Laken, mit der anderen begann er, ihre Erregung zwischen ihren Beinen zu prüfen. »Hüpf aufs Bett, Cucki, halt ihre Hände!« Sein Ton verändert, die Stimmung im Raum: nur noch Lust. Schon seine ersten Berührungen ließen Anne wild werden, sie war aufgeheizt und im allerbesten Sinne vorbereitet. Ich sah, wie sie ihm ihr Becken entgegendrückte, sich einließ, hineinfloss ins Geschehen. James benutzte seine Finger, stimulierte sie von hinten, und prüfte hin und wieder, wohin ich schaute, wie ich mich verhielt. Sie hielt mich fest, ließ mich los, hielt mich wieder fest. Ich störte, ich störte nicht, sie schrie vor Lust und presste ihren Schrei in die Matratze, »Huuooaaahh«, schallgedämpft, doch animalisch, kraftvoll, weiblich, intensiver als ich es je gehört hatte, schon jetzt, schon im Vorspiel, bei der ersten Stimulation durch ihren Liebhaber. Dann ließ er von ihr ab, ließ sie zucken, gab ihr Luft, winkte mich zu sich heran, sagte: »Stay!«, sie wusste, es galt ihr. »Stell dich aufrecht hin, neben das Bett.« Das galt mir. Anne zuckte, versuchte, nur zu liegen, ihre Beine als V auf dem Teppich vor dem Bett, ihre Hände gleichsam ausgestreckt nach vorne. Sie lag wie erlegt, wie Beute, wie williges Fleisch, Schweiß begann, ihren gesamten Körper zu benetzen, ihre Atmung zwischen Erholung und Gier, auch ohne Berührung in reiner Antizipation am Rand der Explosion. Ich stand, ich sah sie vor mir, mein Mund geöffnet, Staunen und Respekt,

Bewunderung und Verzweiflung, er hatte sie dort, wo ich sie niemals hatte.

Als Luststück vor dem Akt.

*

James ließ sie, betrachtete sie, wirkte wie ein Bildhauer, der seinen nächsten Schritt plant, immer noch alles möglich, alles vorstellbar. Kurz bevor sie ganz zur Ruhe kam, fasste er ihr sanft auf den Po. »Rauf aufs Bett, Arme zurück, auf dem Bauch bleiben.« Anne eilte fast, glitt hoch, versuchte, entspannt auszusehen, als sie ihre neue Position gefunden hatte. »Alex, Musik, such was Sanftes raus.« Meinen Vornamen zu hören, traf mich wie der Blitz. Er spielte mit Nähe und Distanz. Ich nahm mich zusammen, schickte Lana Del Rey auf die Speaker: »White Dress.« James hockte sich neben Anne, berührte sie zärtlich, begann bei ihren Füßen, fasste sie an, als massierte er, blieb aber sanfter, feiner, strich langsam über ihren gesamten Körper, unterbrach, ließ sie fühlen, veränderte das Tempo, die Intensität, wurde nie schnell, nahm die Reaktion ihres Körpers in seine Hände auf, spielte mit ihr, ein kurzer Griff ins Haar, ihren Kopf am brünetten Schopf zurückziehend, nachgebend, sie wieder ablegend, sodann zwei seiner Finger in ihrem Nacken, sachte hinunter über die Schulter die Wirbelsäule entlang, wieder zurück, Wiederholung, zurück, die gleiche Strecke mit der ganzen Hand, jetzt Millimeter über ihrer Haut, die

Playlist bei »Here She Comes Again«, Röyksopp, sein Griff am Ende beherzt, sein Körper nun hinter ihr, jetzt hockte er sich vor das Bett, zog sie zu sich heran, öffnete ihre Pobacken, und begann sie mit dem Mund zu konsumieren wie eine Wassermelone an einem heißen Sommertag, ihre Hände zogen das Laken zurück, fester Griff, Klammern, zwei Fäuste, ein kurzes Öffnen, wieder zupackend, James genoss ihre Rosette, rimmte sie ausführlich, nahm die Hand zur Hilfe, hob und senkte sie, wie er es wollte, Cunnilingus, Maestros feingliedrige Finger in ihr, erneutes Lecken, gierig, kostend, auskostend, endlich Rückzug, kurze Erlösung, notwendig, wenn auch ungewollt, man sah es, fühlte es, sie wollte Ewigkeit, just in diesem Moment. Ich war längst auf die Knie gefallen, von den Schallwellen ihrer Orgasmen hinweggefegt, niedergestreckt, meine Augen wund, mein Körper unter Strom, so, als sei ich mit ihr gekommen.

Ein ums andere Mal.

*

Anne war jetzt hypersensibel, reagierte selbst auf den kurzen Windzug, als James die Tür öffnete, um erneut ins Bad zu verschwinden. Sie drehte sich auf die Seite, löffelte die Bettdecke vor ihren Oberkörper, schaute durch mich hindurch. Meine ausgestreckte Hand schob sie weg, ich war in ihrem Space, dort wollte sie mich nicht, nicht jetzt. »Bist du noch bei mir?« Ich versuchte, sie zu erreichen. Sie schwieg. Mir war klar, was ich sagte, konnte nur falsch sein. Es war kein Zeitpunkt für Worte, Aussprache, Welt. Dennoch war ich voll, wollte reden, mich erklären, ihr verständlich machen, was mich bewegte. Wohin mit dem, was in mir war? Ich wollte ihr meine Liebe versichern, zeigen, dass auch ich noch *existierte*, sie in Sicherheit wiegen, und auch mich. Doch sie drehte sich um, ihr Rücken vor meinem Gesicht. Ich wollte schreien, sie rütteln, es wenigstens schlimmer machen, alles besser als das: ihr Ghosting, die auf einmal fehlende Wellenlänge. Ich verstand nicht, was sie fühlte, dachte, es ginge um Sex. »Anne, können wir kurz …« »Sei still, Alex, sei einfach still!« James schaute uns zu. Er war zurück.

Und zog mich weg.

*

»Leg dich gerade hin, die Stirn auf den Teppich, Hände hinter den Rücken.« Er zeigte auf eine Stelle mitten im Raum, meterweit entfernt vom Bett, ging zurück zu Anne und hatte nun eine gefühlte Ewigkeit Sex mit ihr, ohne dass ich es sah. Ich wusste nicht, ob er überprüfte, dass ich meine Position nicht veränderte, wagte aber auch nicht, mich zu bewegen. Er hämmerte ihr laute »Ja's« und »Ah's« aus dem Körper, ihre Vereinigung direkt hinter mir und gleichzeitig als Vorstellung hinter meinen inzwischen geschlossenen Augenlidern. Ich hörte Kraft, schwitzende

Ästhetik, harte Lust. Alles, was ich vor meinem inneren Auge sah, war Anne. Dieses eine, dieses unverkennbare Orgasmusgesicht, Stirn in Falten, wie verärgert, verwundert, besorgt. Ich versuchte es festzuhalten, um es zu behalten, konnte mich aber nicht konzentrieren, sah seinen prächtigen Schwanz, fühlte meinen Cage. Sie keuchten sich in einen gemeinsamen Rhythmus, hechelten, rangen um jeden Atemzug, wie in Leidenschaft Ertrinkende, sinnlicher Gleichklang, ein spitzer Schrei, seine klatschende Hand auf ihrem Gesäß, weiter, immer weiter, bis auch ich hart wurde, und der Käfig schmerzte, Feuer auf meiner Haut. James kam laut. Und ich weinte. Anne kam hinterher.

Und ich schluchzte.

*

Sein Fuß auf meinem Rücken, ihre Schritte ins Bad. »Oh, armes Hasi! Da wird aber jemand saubermachen müssen.« Offenbar hatte er gesehen, dass ich gekommen war. Nur durchs Zuhören. Ich hatte durch meinen Käfig auf den Teppich ejakuliert, zwischen »Fuck, yes« und »Spritz mich voll«. James nannte mich »klebriges, kleines Miststück« und folgte Anne unter die Dusche. Ich lag. Und litt noch immer. Das Aufstehen: Wie ein langsames Erwachen. Im leeren Raum. Mit Mühe und zittriger Hand erweckte ich die Playlist wieder zum Leben. Ich brauchte etwas für mich. Nur für mich. »True Blue«. boygenius. Mein Blick aus dem Fenster, vor mir die Nacht. Lichter brannten in Zimmern. Aus Wohnungen, deren Bewohner ich nicht kannte. Behaglichkeit von Gegenüber. Leben. Wärme. Irgendwo ging es immer weiter, lachte die Liebe, keimte die Hoffnung, tobte die Wut. Was es auch war, heute Abend hatte ich alles davon erlebt.

***

5 WOCHEN

Er war verheiratet, sie war es nicht. Von Anfang an lag etwas in der Luft, das sie beide kaum beschreiben konnten. So sehr sie es mit Worten umstellten, desto gründlicher misslang es ihnen. Ein berufliches Projekt hatte sie zusammengeführt, sofort waren sie sehr privat, merkten, wie sie sich zueinander hingezogen fühlten, bremsten sich, ließen es laufen, standen vor einer gläsernen Wand, drehten um, fanden keine Abkürzung, nur die weiten, spannenden Wege zu sich und der Welt, die sie verband. Sie schickten sich Literatur, lasen getrennt und gemeinsam, zitierten Stellen in Sprachnachrichten, die sie erröten ließen, folgten sich in allen Messengern und Apps, legten Gesprächsfäden aus, verloren den Anschluss, verzettelten sich in Missverständnissen, fanden aber immer wieder zurück. Sie lebten von erotischer Grundspannung und menschlicher Zuneigung zugleich. Auf diese Weise war das für sie neu, denn Sie wohnten über 600 Kilometer voneinander entfernt, waren sich bislang nie Face-to-Face begegnet. Alle Versuche, sich zu treffen, scheiterten aus Gründen, die keine vorgeschobenen waren, organisatorische, lebensbedingte Hürden. Sie hielt das eine, ihn das andere ab, sofort in ein Auto, direkt in einen Zug zu steigen. Dennoch wollten sie sich sehen, sie wollten sich spüren, wissen, wie der andere riecht, entdecken, wie die andere sich bewegt, voreinander sein, ihre Sehnsucht nicht mehr ausdehnen, sondern als Erlebnis einfangen. Je länger sie sich aneinander herantasteten, durch heißes Sexting, durch Phasen der Stille, durch zögerlich, aber liebevoll geteilte Sorgen und Alltäglichkeiten, durch Zeiten kleinerer und größerer Chatfails, durch befreit albernes Teilen von Insta-Reels, sich dann wieder im Geschriebenen verzettelnd, sich erneut in Text hineinwerfend, sich in Watte packend, sich in Gedanken ausziehend, kurzum: je intensiver sie sich *sahen*, desto stärker wurden ihre Gefühle füreinander. Verliebtsein, das kannten sie bisher anders. Sie vermissten sich, ohne sich auch nur einmal angefasst zu haben, berührt hatten sie sich längst.

*

Es erschreckte sie beide. Aus den gleichen und aus unterschiedlichen Gründen. Sie hatten Angst davor, dieses wundersam-wundervolle Zusammensein durch Wirklichkeit zu zerstören, wollten aber gleichzeitig nichts anderes, als sich voreinander zu entkleiden und in ihre Rollen zu schlüpfen. Sie wollte ihn auf Knien, er wollte sie komplett um seinen Geist gewickelt, bis sein Körper sich in Demut ergab. Es war keine Frage der Entfernung, es war nur noch eine Frage der Zeit. Sie fand, er solle sich bekennen, er dachte, er hätte es längst getan. Sein »Ja, ich will« lag in der Luft, und als er es ihr sagen wollte, stürzte es ab, fiel zwischen die Zeilen, Timing-Tücken, tapsige Unmöglichkeit. Sie wusste nicht, dass auch er es von ihr hören wollte.

Verunsichert, so dicht vor dem Ziel, sie und er.

*

Zum Glück half sie nach, führte sich und ihn dezent ins Licht, überwand eigene Zweifel, noch bevor sie erfasste, dass es seine gar nicht gab. Zwei Flaschen Wein und allerlei Eindeutigkeiten, mehr hatte es letztlich nicht gebraucht. Ein Videocall bis tief in die Nacht. Was sie besprachen, hatten sie längst miteinander verhandelt, aber ihre geteilten Blicke halfen, sich noch besser zu verstehen. Die Begegnung im Video hatten sie schon erlebt, doch zum ersten Mal war es ein Date, ging es nur um sie. Das war befreiend und schön, so empfanden sie es sofort.

*

Sie sah, wie seine Augen voller Liebe waren, als er über seine Ehefrau sprach, und es nichts Falsches oder Richtiges hatte, wenn er jetzt hier war, begriff, dass er sich auch auf *sie* einließ, fühlte, wo er stand, wo sich das glücklich verheiratete Ehepaar befand, sah, was ihm fehlte, wusste es schon längst, jetzt erst verriet es auch sein Gesicht. Es war kein moralisches Problem, er war keiner, der Verletzungen in Kauf nehmen würde, er beschützte, was ihm wichtig war.

Sie entdeckte erleichtert, dass Fronten geklärt, aber auch Geheimnisse möglich waren, und auch, dass so manches andere Leben ebenso unübersichtlich sein konnte wie das ihre, bekam letztlich das Gefühl, dass es mit ihnen beiden gut werden konnte, wenn auch gänzlich neu, anders.

*

Er sah, wie sie mit der Vorstellung kämpfte, Nähe auf Distanz so zuzulassen, dass er ihr Herz erreichte, bemerkte, wie sie sich dem Gedanken verschrieben hatte, sich nicht jeder Sehnsucht hinzugeben, denn nicht alles müsse Wirklichkeit werden. Er erkannte, wie sie sich ganz verletzlich vor einer weiteren Verletzung schützen wollte, wie sie sich nicht durchschaubar, schwach und voller Euphorie geben mochte, um Kontrolle zu behalten, ihr Leben nicht noch komplexer werden zu lassen. Ihre Augen verrieten ihm Zerrissenheit, auch ihre tatsächliche Ahnungslosigkeit, was er von ihr wollte, denn: Wie könne man in einer Ehe glücklich sein und noch weiteres Glück authentisch leben? Klar, man könne sich genießen, und manches dauerte eben, so lange es dauert, aber mehr? Und so verstand er, als sie ihn ansah, dass sie alles schon hunderte Male durchgespielt, empfunden, aber gleichzeitig auch in unzähligen Varianten, auf die er nicht den geringsten Einfluss hatte, wieder rationalisiert und *zerdacht* hatte.

*

Als ihre Blicke sich trafen, begriffen sie, dass sie nur eine Chance hatten: Sie mussten ihre aufkeimende Beziehung häuten wie eine Zwiebel. Sich Schicht für Schicht weiter entdecken. Sie kannten sich körperlich, doch nur von Fotos, sie hatten sich umarmt, doch nur im Geiste. Jetzt wurde ihnen klar, dass es gut war, Erregung, Lust, Wärme, Anteilnahme, auch Eifersucht und Vermissen schon zu kennen, jedes Gefühl aneinander und miteinander zu entdecken: wie ein ganz normales Paar. Mit dem letzten im Video geteilten Glas Wein beschlossen sie, restlos einzutauchen, verabredeten sich von nun an regelmäßig vor der Kamera, kleine Schritte in die Realisierung und auch in die Realität. Vor drei Gläsern schon hatten sie ihre Rollen endgültig geklärt, Struktur und Rahmen, Neigungen und Kinks. Es war zwangsläufig: die Regeln bestimmte von nun an sie.

*

»Wie geht es dir, Boy?« Er hatte seine Kamera ausgeschaltet und war nackt - so wollte sie es -, saß in seinem Arbeitszimmer bei geschlossener Tür, das sich im Erdgeschoss seines Hauses befand. Seine Kleidung lag auf dem Bett im

Schlafzimmer, im ersten Obergeschoss. Er musste sich auf seine Privatsphäre verlassen, wurde er gestört, hatte er keine Chance, sich etwas überzuwerfen. Das war Teil ihres Plans. Dass er ihn auch tatsächlich erfüllte, sein Vertrauensbeweis von Anfang an. Sie wollten echt und ehrlich sein, nur so konnte es gelingen. »Vielen Dank, Madame, mir geht es gut. Ich bin nervös, aber es ist okay.« Er sah sie vor sich, ihre Kamera war eingeschaltet - auch das wollte sie für das erste dieser Rendezvous genau so -, sie saß vor ihrem Bücherregal auf einem Drehstuhl, zunächst nur ihr Oberkörper im Bild, weiße Bluse, die oberen beiden Knöpfe geöffnet, ihr Dekolleté ein kaum dezenter Blickfang, dafür ihr Make-up zurückhaltend, die Lippen rot, das blonde Haar geöffnet und glatt. »Gefalle ich dir?« Er hielt die Hände auf der Tastatur, wie ihm vorher aufgetragen, war aber jetzt schon versucht, seiner aufkeimenden Erregung nachzugeben. »Sie sind wunderschön!« Ihre Erleichterung über diesen Satz verwunderte ihn ein wenig, mehr aber verzauberte ihn ihr strahlendes Lächeln. »Es ist mir eine Ehre, Boy. Danke, dass du dich einlässt.«

*

Sie nahm einen Schluck Wein. »Wo ist sie?« »Bei einer Freundin.« »Wie viel Zeit haben wir?« »Sicher eine Stunde, vielleicht sogar zwei.« »Okay, legen wir einfach los.« Sie griff zu einer schwarzen Brille, vervollständigte den

Madame-Secretary-Look, setzte sich aufrecht hin, zupfte ihre Bluse zurecht. »Auf meinem Block stehen 5 Fragen«, sie hielt ihn in die Kamera, »ich habe unendlich mehr Fragen, tja, nun …«, sie kicherte, fing sich wieder, »… egal, wir brauchen hier ein klares Format, legen wir los. Bereit, Boy?« Er war es, sie konnte es zwar nicht sehen, glaubte aber, es zu spüren. »Ja, Madame, ich bin bereit.« Sie lächelte auf eine Art, die Wärme durch seinen Körper fließen ließ, und fuhr einfach fort.

*

»Erste Frage, Boy, wir haben viel über deine Ehe gesprochen, ich weiß, wie sehr du sie liebst, was ich wirklich noch wissen muss, nochmal ganz konkret, denn es wird für unseren Kontext wichtig: Wie oft hast du Sex mit ihr?« Er bemerkte, wie sie sich diese Frage regelrecht abgerungen, sich links und rechts des Weges Teil- und Ergänzungsfragen verkniffen hatte, und die Art, wie sie diese Frage vortrug, rührte ihn, ließ ihn wissen, dass sie auf dem richtigen Weg waren. »Gar nicht, Madame. Die kurze Antwort ist: inzwischen nicht mehr. Die längere kennen Sie schon, sie wissen von ihrer mittlerweile komplett fehlenden Libido, wissen, dass sie sehr zufrieden damit ist, es nicht mehr zu wollen, aber sich gleichzeitig meiner Liebe gewiss sein zu können. Meine Antwort sollte Sie nicht überraschen. Wieso fragen Sie so explizit? Hat es mit meinem kürzlichen

Moment der Eifersucht zu tun, als Sie den Winzer trafen?« Sie nickte seinen Sätzen entgegen, holte tief Luft, als er aufhörte, zu reden. »Fuck, ich habe nicht bedacht, dass du kleines Miststück direkt Gegenfragen stellst, das hätte ich besser wissen sollen«, sie schob die Brille etwas auf ihrer Nase runter, schaute über die Ränder hinweg in die Kamera, »es ist, nun, der Winzer, wie soll ich das jetzt einbauen, warte ...«, sie überlegte einen Moment, »... nein, das machen wir später. Schluss damit Boy, keine Gegenfragen heute. Du bist nicht umsonst nackt, die ganze Veranstaltung handelt vom Ausziehen, es geht um *dein* Ausziehen. Darf ich also ein ›Gar nicht‹ notieren?« »Ja, Madame, entschuldigen Sie, das dürfen Sie selbstverständlich.« »Verbindlichsten Dank, Boy.«

*

»Frage zwei, und hier kannst du von mir aus über den Winzer reden, aber, keine Gegenfragen! Also, Boy, dieses Cuckold-Ding, alles, was ich darüber lese, geschieht in Ehen, wieso glaubst du, wird es zwischen uns funktionieren?« Für ihn war das ein unerwarteter Wirkungstreffer. Weder hatte er mit der Frage gerechnet, noch konnte er sich der unmittelbaren Erregung entziehen, sie so direkt über das sprechen zu hören, was sie bislang nur als eine von mehreren Fantasien vor sich ausgebreitet hatten. Sie umkreisten seit Wochen eine mögliche D/s-Beziehung, jetzt griff sie direkt mit der Hand ins Fass seiner Sehnsucht. Sein Herz schlug wild. Er fühlte sich ertappt. Und gleichzeitig gesehen wie selten zuvor. Er zögerte, er schluckte, sie kam ihm zuvor: »Zwischenfrage, Boy, würdest du die Kamera anmachen, wenn ich es von dir verlangte? Dich nackt zeigen? In all deiner süßen Verletzlichkeit? Gerade jetzt? Verdammt, ich bin neugierig. Okay, das waren gleich mehrere Fragen. Egal, also würdest du?« Er liebte ihre Stimme, wollte einfach nur zuhören, antwortete: »Ja.« Sie schien zufrieden. »Bist du erregt?« Es war nicht zu leugnen. »Sehr.« Ihre Reaktion darauf ließ ihn steinhart werden, es traf ihn direkt, wie schon die Ankündigung seiner körperlichen Reaktion ihren Gesichtsausdruck veränderte, sie sich kurz aus der strengen Rolle begab, ihre Stirn in Falten legte, den Mund leicht öffnete, sich vorbeugte, wieder zurückfallen ließ, hineinfand ins Spiel, das sie selbst inszeniert hatte. »Sehr gut, ich will dich hart! Finger auf die Tastatur. Und keine Sorge, wir bleiben heute diszipliniert, deine Kamera bleibt aus. Wie schade. Aber Okay, antworte jetzt!«

*

»Nun, puh, wo fange ich an, *wie* fange ich es an? Madame, es geht nicht um die Ehe als Voraussetzung einer solchen Dynamik, es geht um die emotionale Verbindung, die Zugehörigkeit zueinander, dann der Tabubruch, auch dieses Element, mehr noch: die Demütigung durch

Vergleich. Mir ist es vollkommen egal, ob es Puristen gibt, die Cuckolding anders definieren, von mir aus muss man es auch gar nicht benennen, ich kenne einfach nur kein besseres Wort, keines, das schon so viel mitbringt, um es zu verstehen.« Er unterbrach, holte tief Luft. Sie nickte konzentriert. »Ich kann nur mich selbst erklären, nicht für andere sprechen. Ich will es versuchen. Unterbrechen Sie mich bitte, wenn ich schwafle.« »Nur zu, weiter, Boy!« »Zum Glück sehe ich, wenn Sie einschlafen.« Sie lachte, das löste seinen Knoten. »Es hat so viele Ebenen. Die eine ist: Eifersucht ist ein starker Trigger. Wenn ich über meine devote Ader nachdenke, ist es nicht das Dienen, was mich treibt, es ist zuallererst eine Art Zurückgesetztwerden, die Fähigkeit der Cuckoldress, meine nach allen Seiten gelebte Alphamännlichkeit zu durchbrechen, mir zu zeigen, dass es egal ist, ob ich brülle wie ein Löwe. Der andere gewinnt, kraft seines Körpers, seiner Attraktivität, kraft seiner natürlichen Dominanz. Oder auch: Sie tut es, weil sie es kann, weil sie es will. Sie zeigt mir meinen Platz, und bindet mich mit ihren Eskapaden paradoxerweise immer mehr. Denn ich kann mir nie sicher sein, muss mich immer wieder erneut um sie bemühen. Hier erst reizt mich das Dienen, hier erst wird es ein rundes, devotes Bild.« Er hatte noch nie mit jemandem so offen darüber geredet, es nicht mal in einem fertigen Stück, in eigenen Gedanken so formuliert. In diesem Moment verstand er, warum sie nicht zu dem vordrang, was er von ihr wollte, *wirklich* von ihr wollte, über den Flirt hinaus. Er musste es aussprechen. Auch vor sich selbst. Sie war klug genug gewesen, es aus ihm herauszuholen. Ihr warmer Ausdruck, ihre sichtbare Bestätigung, während er sprach, all das berührte ihn sehr.

*

»Gleichzeitig will ich, dass du mich attraktiv findest ...«, er wurde nervös, wechselte die Anrede, fiel aus der Rolle, rückte mit seinem Oberkörper an sie heran, »... dich zu mir hingezogen fühlst. Es mir sagst. Mir in jedem versauten Detail beschreibst, wie du mich willst, von was du fantasierst, wenn du dich berührst, ich will, dass deine lustvollen Gedanken um mich kreisen. Denn eigentlich bist du selbst in erster Linie devot, willst Führung, Kraft und Stärke. Ich weiß, dass du dich in die dominante Rolle hineinfindest, weil du auch diese Seite hast und ergründen willst, und finde übrigens, du machst das hervorragend. Huch, *Sie* machen das hervorragend ...«, er fand zurück,»... sorry, sei es, wir sprachen schon darüber: Normalerweise sind wir beide *das andere*. Für andere. Mindestens schon gewesen. Ich bin heilfroh, dass wir das Konzept des Switchens ähnlich empfinden: Es ist möglich, nur nicht innerhalb einer Konstellation. So sehen wir es beide, oder?« Sie nickte: »Wenn die Rollen feststehen, stehen sie fest. Wir probieren uns auf unserer unsicheren Seite aus, das stimmt.« »Danke, dass Sie meine Zwischenfrage beantwortet haben.« Er grinste. Sie verschloss demonstrativ die oberen Knöpfe ihrer Bluse. »Bitch! Weiter im Text!« »Okay, die nächste Ebene. So dominant ich mich auf der einen Seite kenne, so sehr ich Sie begehre, Ihnen alles geben will, jetzt, sofort, so sehr sorge ich mich um meine ... entschuldige ...«, er vergrub sein Gesicht in seinen Händen, nicht weinend, sondern aus Respekt davor, weiterzusprechen, es zu sagen, »... ich weiß nicht mehr, *wie gut* ich bin. Verstehst du? Verstehen Sie? Ob ich es noch so kann wie früher. Zurück zu Frage eins, ich renne nicht herum wie ein testosterongetriebener, egoistischer Fremdgänger, der an jeder nächsten Zwanzigjährigen seine Potenz ausprobieren will, ich bin Ende 40, mein Körper ist ... verdammt, das hier fällt mir schwer ... anders: ich sollte aufhören, so viel zu masturbieren, denn ich komme in Windeseile ... diese ganze, verfickte Körperlichkeit ... einst fand ich meinen Schwanz groß, jetzt habe ich das Gefühl, er lässt nach, ich lasse nach ... mein kleines Wohlstandsbäuchlein? Das unschlüssige Haupthaar? Wissen Sie ... ich fühle mich wie Dad, nicht wie Daddy. Ich habe entsetzliche Angst davor, Ihnen so real zu begegnen. Das hat nichts mit mangelndem Vertrauen zu tun, das hat pur und allein mit mir zu tun. Und mein sehnlichster Wunsch ist es, Ihnen real zu begegnen, Ihr Liebhaber zu sein, ein *guter* Liebhaber zu sein, in aller Konsequenz, nennen wir es gerne auch: ein gutes Fucktoy zu sein.« Er atmete tief aus. »Ich finde Sie großartig, Madame. Ich will Sie mit Haut und Haaren. Und habe herausgefunden, dass diese Neigung, der echte Wunsch, ein Cucki zu sein, gar keine Kompensation für all das ist, was ich gerade erzählt habe, sondern eher eine Möglichkeit. Von mir aus jetzt gerne auch nur kurz zum Winzer. Verflucht, Madame. Sie schrieben fast nichts. Außer: Ich hatte was mit ihm. Das war Samstagnacht. Dann erreichte ich Sie sonntags nicht, am Montag wichen Sie aus, Dienstag war das Kind krank, mittwochs wollten Sie ihn wiedersehen, angeblich nicht, um etwas zu wiederholen. Das ist jetzt zwei Wochen her. Madame, egal, wie es war. Ob großartig oder belanglos. Ich bin es hundert Mal in unterschiedlichen Szenen in meinem Kopf durchgegangen. Sie ließen mich im Vagen, das machte mich vollkommen irre. Mir fehlten über ihre Andeutungen hinaus sowohl die Details als auch *Aftercare*, und Sie hielten es wahrscheinlich nicht mal für etwas, das mit uns zu tun hat. Dann kapierte ich: Es ist Eifersucht! Mich traf der Blitz. Wie kann das sein? Wie kann man eifersüchtig sein, wenn man sich nie vorher in den Armen gehalten hatte? Madame, ich *war* es. Madame, das hier ist kein Spiel. Das hier ist echt. Spätestens in diesen quälenden Tagen habe ich es gewusst.«

*

Sie nahm einen weiteren, tiefen Schluck aus dem Weinglas. »Wow, das ist deep. Wieso Möglichkeit?« »Unsere Entfernung. Unsere Vertrautheit. Die Art der Beziehung, die wir führen können.« »Jetzt wird's spannend.« »Entweder ist es ein Einstieg in etwas Großartiges oder es war einfach nur ein guter Versuch. All das, was ich sagte, nehmen wir es, verdichten wir es. Selbst wenn ich nicht der sein kann, der ich für Sie sein will. Zum einen, weil ich ein halbes Land von Ihnen entfernt wohne. Zum anderen, weil ich mir meiner auf so vielfältige Weise nicht mehr sicher bin. Jegliche Dominanz lässt sich so durch alle Pfeifen dieser Welt rauchen, der Held ist längst vom Pferd gefallen. Im Alltag gelingt mir das spielend, in meiner Sexualität bin ich in dieser Hinsicht inzwischen vollkommen blockiert. Dann, auf der anderen Seite, mein tiefer Wunsch, Sub zu sein, mich zu unterwerfen, vielleicht aus den genannten Gründen, vielleicht, weil ich es einfach bin. Finden wir es heraus. Lassen Sie mich sich *Ihnen* unterwerfen! Das will ich. Bei Ihnen fühle ich mich sicher. Sie bleiben frei, aber verbunden mit mir. Wir sind zusammen. Aber sie leben sich aus. Und lassen mich teilhaben. Weil ebenso, wie Sie mich ehrlich begehren, was ich immer noch hoffe, ebenso wollen Sie mit mir teilen, was Sie bewegt, was Sie erregt, wie es war, wie es sein sollte. Schrankenlos. Reuelos. Sie tauchen ein in ihre dominante Rolle und bleiben gerne für andere devot. Wenn Sie das jeweils wollen. Oder vögeln einfach, weil dieser süße Flirt so unwiderstehlich war. Oder sie bleiben mir treu, und wir kitzeln unsere Hirne, bis wir vor süßer Erschöpfung in die Laken fallen. Stets, das ist das für mich Entscheidende, bleiben Sie bei mir. Der Schlüssel zu Ihrer

Rolle bin ich. Sie vergessen mich nicht. Auch dann nicht, wenn Sie sich in jemand anderen verlieben. Wie könnte ich das verhindern? Die Chance, die wir haben, ist für diesen Fall: Diese wundervolle Intimität, diese starken Erlebnisse, die wir teilen können, worauf können wir maximal zurückfallen? Auf eine unglaubliche, einzigartige Freundschaft. Auch das ist *Liebe.* Und vielleicht bleiben wir einfach zusammen, das wäre nicht weniger außerordentlich, ein Glücksfall, ob es nun an ihrer Seite jemanden Festes gibt oder nicht. An meiner Seite gibt es jemanden. Unveränderlich. Dennoch, Madame: Ich will mehr Nähe. Mehr Nähe durch Ihre Freiheit und Ihren auch auf mich gerichteten Blick, wie Sie so schön sagen: der wohlmeinende Blick auf *Ihre Zofe.*«

*

Ihre Augen strahlten Faszination, Interesse und auch ungläubiges Staunen darüber aus, was sie gerade vor sich erlebte. Sie sah ihn, ohne ihn zu sehen. Auf einmal war ihr klar, dass es auch über diese Distanz hinweg möglich war, intensiv zu empfinden, eng umschlungen zu sein. Sie nickte. Wieder mal. Und ließ ihn weiter gewähren. »Wissen Sie, und bald richten wir uns dieses Paarprofil im Joyclub ein. Wir schreiben, wie es ist. Sie sind frei, ich bin es nicht. Wen Sie treffen, wen ich treffe, ob ich überhaupt andere treffe, männlich oder weiblich, oder Sie mich in diesem speziellen

Sinne *monogam* halten, es ist Ihre Entscheidung, liegt in Ihrer Macht. Wir legen Regeln fest. Wir treten als Paar auf, es ist eine *Female Lead Relationship* vor aller Augen. Wir legen es auf Eis, wenn der Alltag uns quält, wir holen es hervor, wenn uns die Stimmung erwischt. Es ist niemals eine Frage der Frequenz, immer nur eine Frage der Gemeinsamkeit und Intensität. Und dann lege ich meine Sexualität komplett in Ihre Hände. Ich trage Ihr Halsband, ich fasse mich nur noch an, wenn Sie es erlauben. Ich habe zu fragen, ob ich kommen darf. Und ich will es mehrmals am Tag. Es wird peinlich für mich, denn ich werde wie ein dauergeiles Flittchen wirken. Und, und, und ... so viele Möglichkeiten!« Es sprudelte weiter aus ihm heraus. »Ja, und ich kaufe Ihnen Schuhe, feine Wäsche. Sie tragen Sie für andere, für mich, nur für sich selbst. Nicht als plumpe Kompensation, nein, aus dem Moment heraus, weil Sie mir zeigen, was Ihnen gefällt. Weil ich Sie einfach beschenken möchte, altruistisch, weil Sie es sind, weil ich Sie glücklich sehen will. Auch, weil Sie sich als Frau erleben können, heute Prinzessin sein wollen, morgen bestätigt wissen wollen, wie sehr ich Sie begehre. Kleine Gesten mit großer Wirkung. »La Perla«, »Chantelle«, »Aubade« auf ihrer zarten Haut. Mein Wunsch, Sie so zu sehen. Die Hand Ihres Lovers an der von mir gekauften Wäsche. Wie er Sie entkleidet, wie Sie wissen, welche Bedeutung dieser Augenblick hat, dabei an mich denken. Leben Sie Ihre Bisexualität aus! Treffen Sie sich mit ihrer sinnlichen

Geliebten, treiben Sie mich in den Wahnsinn, mit süßester Weiblichkeit. Fuck!« Er nahm sich zurück, hatte Angst, den Faden zu verlieren, seine Erregung trug ihn fort. »Entschuldigung, so könnte es sein, so muss es nicht sein. Keine Drehbücher. Es ist nicht mal wichtig, was wir davon alles tatsächlich umsetzen. Wir finden für alles eine Lösung, wenn es mal hakt und knirscht, aber was wir vor allem herausfinden, ist: wie wir als Paar zusammen funktionieren. Als dieses besondere, dieses sehr eigene Paar. Vorausgesetzt, das will nicht nur ich. Vorausgesetzt, Sie fühlen sich gut und haben Lust, vorausgesetzt, Sie wollen es besonders auch *für sich*, und lassen sich nicht nur ein, um meine Fantasien zu verwirklichen. Es geht nur gemeinsam. Mein Blick gilt Ihnen, Ihr Blick gilt auch Ihnen. Und dann mir.«

*

»Moment!« Sie stand auf, verschwand aus dem Bild. Dann hörte er Musik. Sie hatte »Lose Control« aufgelegt. Teddy Swims. Und kehrte ohne Bluse zurück vor die Kamera. Ihr schwarzer BH, den er die ganze Zeit als dunkle Verheißung wahrgenommen hatte, ihr Augenspiel, die Stimmung, in der sie sich befand, er lächelte erleichtert, glücklich, dass gerade etwas gelungen war, dass es raus war, gesagt und vorher auch empfunden. »Oh, Boy! Das war eine der ungewöhnlichsten und auch schönsten Liebeserklärungen, die ich je erhalten habe. Danke! Für DICH. Für diese

Ehrlichkeit. Das Vertrauen … und ja, ich will das. Ich will dich. Wir sehen, wo wir landen. Wo wir aber schon sind, ist fantastisch.« Die Playlist inzwischen bei »Until I found You«. Stephen Sanchez, Em Beihold. »Random?« »Ja.« Sie mussten beide lachen. Er saß inzwischen vor der Kamera, als sei sie eingeschaltet, schaute ihr in die Augen, reagierte auf ihre Mimik, erwiderte ihre erkennbare Zustimmung, fühlte sich vollkommen ungezwungen. »Warte …«, das nächste Lied der Playlist suchte sie aktiv aus, »Always Remember Us This Way«, Lady Gaga, »… so, ich treibe es jetzt mal auf die Spitze, bringe es auf den Punkt …«, sie griff nach ihrem Block, »… da sind ja noch Fragen.« Ihr Blick über das Geschriebene, ein kurzes Innehalten, dann stellte sie die Musik wieder aus. »Boy, wir ziehen das vor, aus Frage drei wird der Moment der Momente, weißt du, was hier steht?«, sie unterbrach sich nur kurz für einen direkten Blick in die Kamera, las vor, ohne dass er antworten konnte. »Hier steht: Würdest du mich als Herrin wollen und mein Sklave sein? Ich glaube, das können wir abkürzen. Egal, wie wir uns nachher nennen, das verhandeln wir später. Ich will, dass du es sagst. Ich will deine Submission. Right now! Wenn du meine Füße das erste Mal küsst, ist das wie die kirchliche Hochzeit, hier und jetzt wird es amtlich, Boy. Wenn du es wirklich willst, will ich es heute hören. Keine Frage also. Ein Wunsch, ein wirklich schöner Wunsch. Lass es geschehen, sprich zu mir, Boy!« Ein wohliger Schauer durchfloss seinen Körper, Hitze stieg in ihm auf, er hatte Angst, es nicht rauszubekommen, technisch, ließ aber keine Zeit vergehen, kniete sich hin, vor den Schreibtisch, nackt, angemessen in jeder Hinsicht.

»Madame, ich knie hier vor Ihnen. Wollen Sie meine Herrin sein, darf ich Ihr Sklave sein?« »Ja, ich will. Ja, du darfst. *Jetzt* sind wir zusammen.«

*

Sie öffnete Ihren BH, lebte den Augenblick. Er sah ihre Brüste das erste Mal, direkt vor sich. Nicht zu groß, nicht zu klein, als seien sie nur für ihn gemacht, er fand sie perfekt, schon deshalb, weil es ihre waren. Und war glücklich und dankbar für diesen Moment und besonders den zuvor. »Setz dich wieder hin. Ich will, dass du bei Frage vier deinen Schwanz in die Hand nimmst und wichst. Du wirst nicht kommen, du wirst reden, ich will dich dabei hören. Mach es dir vor mir. Und antworte auf meine Frage. Bist du so weit?« »Ja, Herrin.« »Okay, bleib bitte bei *Madame*, Boy, ich weiß auch nicht, aber …« »Geht mir genauso.« »Gut, weiter, Frage vier: Was geschieht, nachdem du mir das erste Mal die Füße geküsst hast? In echt geküsst, hier bei mir, im Hotel, wo auch immer. Wir zwei in einem Raum. Also, wie geht es weiter?« Er griff seinen Schwanz, in wilder Verfassung, bemerkte seine Ungeduld, drosselte sich, dachte nach. Das wirkte sich aus. »Moment, Madame, er ist noch nicht hart.« Er wichste und atmete schnell und schneller, redete nicht, sah, wie sie das aufheizte, sie sich zwischen die Beine griff, sich auf dem Stuhl so positionierte, dass er es zwar nicht sah, aber mitbekam. »Ich folge Ihnen zu diesem großen französischen Bett, Madame, in dieser schicken Suite, die ich für uns in Ihrer Stadt gemietet habe. Wir waren in einem guten Restaurant, der Roomservice hat uns vor einigen Minuten zwei Pornstar Martinis gebracht, ich trage die Halterlosen, die sie an meinen Beinen so sexy finden, das Halsband, das Sie mir schenkten, auch Sie tragen Halterlose, ein schönes Kleid, bis ich Sie entkleiden darf, gehen in voller Schönheit zum Bett, ich bewundere Sie, kann mein Glück kaum fassen ...« Er unterbrach, versuchte seine schiere Geilheit durch langsamere Bewegungen zu steuern, sie hörte seinen Schwanz in seiner Hand, es durchströmte sie ein süßer Schwall der Teilhabe, sie fingerte sich nun ohne Scham und Zurückhaltung, immer noch unterhalb des Kamera-Frames, für ihn nur an ihrer Haltung, ihrem rhythmischen Hin und Her, ihrem Gesicht zu erkennen. Er drohte zu kommen, pausierte kurz, redete weiter »... Sie legen sich entspannt ans Bettende, rutschen nach vorne, winkeln ihre Knie an, und bedeuten mir mit einer kurzen Geste, dass ich vor Ihnen Platz nehmen soll, ein kurzes Kommando, und ich verschwinde mit dem Kopf zwischen Ihren Beinen, ich umfasse Ihren Körper mit den Händen, während ich beginne, Sie zu lecken, Ihre Feuchtigkeit das erste Mal schmecke, sie auf meiner Zunge zergehen lasse. Sie schieben meine Arme zurück, wollen nur meine Zunge, noch ist das kein Liebesakt, es ist die Inauguration, Ihr Akt der Dominanz, Sie führen mich mit Ihrem Becken, geben mir Zeichen, wann ich die Finger einsetzen darf, wie schnell, wie langsam Sie es sich wünschen ...« Er hörte, wie sie kam, sah ihren Orgasmus, ihr Gesicht. Das erste Mal sah er sie so. Und explodierte fast vor inniger Verbundenheit. Beinahe kam er mit, nur durchs Zusehen. Seine Hand hatte er längst von seinem Schwanz genommen, um nicht vorzeitig abbrechen zu müssen. »Weiter!« Sie trieb ihn voran. »... Sie werden kommen, Madame, so wie jetzt. So oft, Sie wollen. Vielleicht auch gar nicht, weil Sie wünschen, dass Sie dafür auf mir sitzen. Mich reiten, zureiten wie ein Flittchen. Sie nehmen mich. Ich darf erst kommen, wenn Sie gekommen sind. Dazu ziehen Sie mir zwei Kondome über, damit ich möglichst wenig fühle. Es geht nicht um mich, es geht um Sie. Vermutlich aber werden Sie durch meine Zunge kommen wollen, weil Sie schon ahnen, dass ich nicht lange durchhalte, wenn Sie mich ficken. Ja, genau, Sie ficken mich, nicht ich Sie. Ich bin Ihr Stück Fleisch, ich bin die kleine Hure. Sind Sie auf mir, Sie sind freundlich, wenn ich versage, sagen mir, dass wir es so lange üben, bis ich stundenlang durchhalte, mit Training, mit Disziplin. Wie einst, mit den ganzen anderen Schlampen, die keine sind, die Sie aber jetzt so nennen, um sich weiter aufzuheizen, um mich damit bestrafen zu können. ›Für sie konntest du, für mich nicht?‹ Alles ist möglich, nichts muss so sein. Das hier ist nur eine Fantasie.

Jedenfalls, dieser Abend, Madame, dient vollkommen Ihrer Lust und meinem Rollenbekenntnis. Wenn Sie genug haben, bestellen wir uns zwei weitere Martinis aufs Zimmer, wir reden, wir kuscheln, und küssen uns zärtlich die Sünden von unseren Körpern. Bis zum Morgengrauen.« Sie hatte längst aufgehört, sich selbst zu befriedigen, saß mit den Ellenbogen auf den Schreibtisch aufgestützt, hielt den Kopf in ihren Fäusten. Sie weinte. Reine, warme, glückliche Tränen.

*

»Puh, verrückt. Ich bin vollkommen ... ich bin ... verwirrt und, wow, es ist so gut. Danke! Schon wieder.« Sie richtete sich auf, griff nach ihrem BH. »Magst du mir einen Gefallen tun? Geh nach oben, zieh dich an. Lass uns in fünf Minuten weitermachen. Ich öffne noch eine Flasche Wein.« Es verging schließlich eine Viertelstunde, dann saßen sie wieder vor der Kamera, beide entspannt und aufgeräumt. Sie hatte wieder Musik auf ihren Boxen, »As It Was«, Harry Styles. »Mach die Kamera an. Ich will dich sehen!« Er folgte, erleichtert über ihren Wunsch. »Wie schön. Hi!« »Hi!« Sie lächelten lange, blickten sich in die Augen, schwiegen miteinander, genossen sich, genossen den Augenblick. »Frage fünf habe ich gerade gestrichen. Und schau, sie hielt den Block in die Kamera, das steht da jetzt.« Er las »Wann machen wir das wieder?« Mit einem

Herzchen hinter dem Fragezeichen. »Sobald es geht.« »Ja, bitte! Das war sehr schön.« »Es war fantastisch.« Wieder schwiegen sie einen Moment. Sie seufzte. Er seufzte. »Boy, Boy, Boy, wie gut könnten wir miteinander sein. Wie gut *werden* wir erst miteinander sein. Haaachz. Ich will dich so schnell wie möglich treffen. Ernsthaft. Und ja, ich weiß, ich weiß. Aber ich sag dir, Königskinder sind wir keine. Das ist ab heute nicht mehr unser Thema. Egal, wie lange es dauert, ich warte auf dich. Ich will dich ...«, sie hielt kurz inne, lächelte, »... und wenn es nur für den Pornstar Martini und die im Löffelchen verbrachte, zärtliche Nacht ist.« Er schickte ihr sein wärmstes Lächeln zurück, schaute frei und souverän in die Kamera, nicht mehr der *Boy*, sondern der Mann, der sie fühlte, sie umgarnte, sie verstand. Ja, es war ihnen einfach passiert. Zwei Seelen bei Nacht? Zwei auf besondere Weise Liebende. Pure Chemie, pures Glück. Nichts konnten sie beeinflussen, nichts hatten sie im Griff, so lange sie nicht losließen. »Weißt du, mein Hübscher, ich habe mir das so vorgestellt. Fünf Wochen, fünf Fragen. Beim nächsten Mal bin ich nackt, habe die Kamera aus, fünf Fragen, dann sind wir es beide, Kameras aus, fünf Fragen, fünf du, fünf ich, dann wieder du, nackt, Kamera an! Fünf Fragen. Ich, genauso. Dann die nächsten fünf Wochen, neues Spiel, neue Ideen. Und so weiter. Bis wir jeden Millimeter unserer Lust ausgeleuchtet haben. Und zwischendurch texten wir, wie zwei Menschen, wie so ein scheiß normales *Couple*. Was meinst du? Du willst doch bestimmt wissen, wie sehr es mich stresst, dass mein verdammter Backofen nicht funktioniert, oder? Dass meine Tochter nur Sushi isst, und auch sonst irgendwie immer mehr nach ihrem Erzeuger kommt? Sag mir, sollen wir das so machen?«

*

Er sah, wie sie einen weiteren Schluck Weißwein trank, Wein, den er ihr geschickt hatte, frischer, köstlicher Lugana. Er hatte sich bereits gemerkt, worauf sie stand, auch kulinarisch. Er blickte ihr tief in die Augen, wortlos, nickte, seine Züge erhellten sich, wie die aufgehende Sonne an einem milden Spätsommertag. »Ja, ich bitte darum. Alles. Auch das, was wir uns nicht mal vorstellen können. Alles. Bitte. Du und ich.« »Cheers, Baby! Hab eine gute Nacht.« Sie beendeten den Videocall, und schliefen ruhig und zufrieden. Jeder für sich.

Und dennoch zusammen.

***

4 MONATE

Mit dem Parkschein in der Hand kehrte ich zu meinem Auto zurück. Anne hatte den Schirm schon hinter dem Beifahrersitz hervorgeholt und wartete mit einem Lächeln auf dem Fußweg, Der Verkehr strömte langsam an der Basilika vorbei. Den Berg hinauf, hinaus aus dem Stadtteil. Sie wirkte sehr zufrieden an diesem frühen Freitagnachmittag. Ich klemmte das Ticket von innen vor die Windschutzscheibe, drehte mich zu ihr um, bereit, mir die Jacke vom Beifahrersitz zu greifen. »Stopp, stopp, stopp, stell dich hier neben mich. In den Regen. Ich will, dass du gleich einen möglichst begossenen Eindruck machst, Baby Boy.« Der Cage, das Halsband, ich war auf spezielle Weise ausgehfertig, nun wurde mir bewusst, heute ging es um mehr als nur einen kleinen Catwalk. Sie hatte Pläne. Wenigstens mit mir. »Willst du mir sagen, wohin wir gehen?« Das Wasser lief mir durchs Haar hinab ins Gesicht. »Es ist gleich hier ums Eck, komm mit, heute lassen wir mal die Hosen runter.« Sie ging vor. Ich folgte. Wie immer.

*

In dem grauen, trostlosen Mehrfamilienhaus, das wir alsbald erreichten, war früher eine Sparkasse im Erdgeschoss, man konnte den Schriftzug unter der abmontierten Neonreklame noch erkennen, Erinnerungen in hellerem

Grau. Vor dem Eingang zu den oberen Stockwerken ein großes Plexiglasschild: »Praxis für Urologie, Prof. Dr. Helena Ritter.« Anne gab mir den Schirm, ich war inzwischen vollkommen durchnässt. Ein kurzer Anruf, sie zwitscherte wie ein frühlingstrunkener Vogel: »Machst du auf, Chérie? Wir sind da.« »Chérie?« Ihr Lachen als Antwort. Dann das typische Brummen an der Tür. Auch sie war nun bereit für uns.

*

Linoleumboden, Neonlicht, ein Aufsteller mit Broschüren noch im Flur vor dem Empfang. Vorsorgeempfehlungen, Krebsbegleitung, Nützliches aus dem Fachgebiet, Männer mit grauen Haaren auf dem Cover, alle voller Zuversicht, keine Spur von Sorge. »Anne, was soll das? Was ...« Sie schob mich an die Theke, hinter der niemand saß. »Schh, Baby Boy, mach ein braves Gesicht, Helena hat extra für uns aufgemacht.« Die Praxis war gut beheizt. Oder meine Aufregung schlug durch. Ich schwitzte, obwohl ich aus der Kälte kam. Jetzt fühlte ich mich zugehörig, am richtigen Ort, den Körper nicht im Griff, die durchnässten Haare so, als sei ich nachlässig mit mir selbst. Ich war es nicht. Das Bild, von dem ich annahm, ich würde es nun hinterlassen, ärgerte mich. Anne bemerkte sofort, was sich hinter meinen Augen abspielte, lächelte vergnügt. »Ich mag es, wenn du unsicher wirst. Man kann dir dabei zusehen, wie du die

Rollen wechselst.« Sie strich mir übers Haar, liebevoll zuerst, doch statt es mit Fürsorge zu richten, brachte sie es weiter durcheinander. »Du musst Alex sein!« Hinter mir eine sanfte Stimme, so nah, dass ich nicht erschrak, sondern in sofortiger Erregung erzitterte. Ich wollte mich umdrehen, sehen, einordnen, doch ich wurde gehindert. »Na, na, Blick zur Theke. Ich begrüße jetzt erst mal deine Frau. Fuck, Anne, wie schön! Komm, wir gehen kurz in mein Zimmer. Alex, Hände aufs Brett. Bleib!« Anne küsste mich auf die Wange, strich mit dem Zeigefinger über meinen Hals. Und verschwand mit der erotischsten Stimme, die ich seit langem gehört hatte, hinter mir in die Tiefe des Raumes.

*

Nur langsam fand ich zur Ruhe. Mit beiden Händen auf der Theke war mir der Blick auf mein Handy verwehrt. Wie lange stand ich hier? Mir fehlte das Gefühl für Zeit. Warten fühlte sich nur dadurch natürlich an, dass ich in einer Arztpraxis stand. Das Kuriose an dieser Situation versuchte ich auszublenden. Wie mochte es hier im Tagesbetrieb zugehen? Mir gingen Szenen durch den Kopf, wie man sie schon überall erlebt hatte, wenn es am eigenen Körper irgendetwas zu überprüfen galt. Betriebsame Hektik, mitunter gereizte Stimmung, Menschen in Weiß, Menschen in Grün, die Hartplastikstühle umkämpft, Desinfektion der Hände überall dringend empfohlen, »Aber ich hatte meinen Termin bereits um elf!« von links, »Herr Schmidt, bitte!« von rechts, ein spielendes Kind wirft Bauklötze ans Schienbein, summende Türöffner, ein verwaistes, klingelndes Telefon, irgendein Labor, keiner hat Zeit. Wie anders Räume wirken, wenn das, was in ihnen üblicherweise stattfindet, abwesend ist.

*

»Alex, kommst du bitte nach hinten!« Ich drehte mich rum, machte zwei Schritte in den Flur und sah die geöffnete Tür im hinteren Teil der Praxis. Aufgerufen zum Termin setzte ich mich in Bewegung, als hätte ich ihn selbst vereinbart. Auf halbem Weg hinter mir die Türklingel, Absatzgeräusche von vorne, die Ärztin plötzlich direkt vor mir. Ihr Lächeln charmant, ihre Erscheinung spektakulär. Blondes, langes Haar hing glatt über ihrem grünen Poloshirt, die Knopfreihe geöffnet, der weiße BH kaum verborgen, bildschöne Augen, blau, Smokey Eyes, geschminkter Drama-Look, wie für eine Silvesterparty, weiße Zähne, dezenter Lippenstift, gepflegte, kleine Hände, zarte, schlanke Füße in offenen, hohen Sandaletten, grünes Veloursleder, dazu eine weiße Capri-Hose, dreiviertel lang. »Sorry, mein Lieber, ich bin gleich zurück, geh mal weiter, ich mache nur kurz die Tür auf.« Meine Bewegung verlangsamte sich, jetzt wurde ich nervös. Anne empfing mich amüsiert. »Ja, sie ist unglaublich, ich weiß. Komm, setz dich zu mir.« Ihre Füße baumelten von einem Behandlungstisch, sie saß lässig und klopfte mich mit der Hand heran. Der Raum größer als erwartet, mit Couch, Sessel, einem großen USM-Haller-Regal, dem passenden Sideboard, Pflanzen, indirekter Beleuchtung, Schreibtisch und Platz für allerlei Medizinisches, neben Anne ein Ultraschallgerät. Die Kunst an der Wand: großes Aquarell einer Auster, Vulva-Form, mit Perle. Für einen Augenblick saßen wir schweigend nebeneinander. Schon immer gab sie mir Ruhe und Sicherheit, selbst in ihren wildesten Momenten. Wir hörten die Schritte im Flur. Sie nahm meine Hand, blickte mir in die Augen. Wärme, Liebe, ein leichtes Aufblitzen von Vorfreude. »Ich danke dir. Wirklich. Es ist ein Geschenk. Good Boy.« Dann verließ sie mich Richtung Couch.

*

»Entschuldige, Alex, zeitliche Abläufe, schwer zu planen. Kein Arztgeheimnis. Leben. Also, ich bin Helena. Nenn mich Helen. Das hier ist heute privat. Wäre es das nicht, käme ich in Teufels Küche. Was sicherlich ein höllisches Vergnügen sein kann, aber in der Wirklichkeit eher unpraktisch ist, wie ich meine.« Ihre Stimme legte sich über mein Bewusstsein wie Tau am Morgen. Ich roch Gras nach Regen, fühlte mich auf freiem Feld. »Oh, okay, das ist

Julian.« Sie waren Hand in Hand im Türrahmen, er überragte sie um zwei Köpfe, stand etwas versetzt hinter ihr, um gemeinsam mit ins Bild zu passen. Schwarzes Haar, Jeans und T-Shirt, das seinen athletischen Oberkörper auf beinahe obszöne Weise betonte, weiße Sneaker und ein Gesicht wie von einer Model-Setcard abgepaust und dann mit einem Hauch junger Natürlichkeit in die Welt entlassen. »Wir kennen uns aus dem OXYgenZ, deine Frau und mich lassen die da tatsächlich gerne rein, diese Schnittchen sind so wissbegierig, gierig ... okay, Alex! Der Bursche hier, mein persönliches Glück, arbeitet auch beruflich mit mir zusammen. Ich habe ihn ans Kinderwunschzentrum vermittelt, so mancher Fertilitätstest hier bei mir führt zu einer Zusammenarbeit mit den freundlichen Engeln der Lebensfreude. Er spendet sein kostbares Gold an die, die sonst keine andere Chance haben. Heute, mein Lieber, erlösen wir ihn vom trostlosen Rumbechern, heute spendet der Glückspilz direkt in der Frau. In deiner!«

*

Anne und Julian saßen inzwischen auf der Couch, noch mit dem Abstand der sich unsicher Kennenlernenden, Helen fand ihren Platz im Sessel. Ich war kurz vor dem Zusammenbruch, die Worte als Echo in meinem Kopf, sanft vorgetragener Albtraum. Während ich mich auszog, wie von Frau Doktor abschließend befohlen, versuchte ich, an einem Stück zu bleiben, mir nicht versehentlich das Herz rauszureißen, ohne Schwindel zu bestehen. »Komm jetzt endlich her, knie dich zu uns, Augen zu Boden.« Anne verlor die Geduld mit meinem Zweifel, meiner Not, spielte mit meiner Scham, zog mich weiter hinein, gab zu verstehen, es führte kein Weg mehr zurück. Ich folgte, stolperte beinahe über den Läufer, der die Sitzecke zur gemütlichen Insel im Behandlungsraum verzierte, und nahm meine zugewiesene Position ein. Nackt. Mit Cage. Mit Halsband. Mir half es, niemanden ansehen zu müssen. Würde es peinlich, war ich ganz bei mir. Wenigstens das.

*

»Seit wann hat er die von dir geschilderten Probleme, Schatz? Und wie äußern sie sich?« Helen sprach unmissverständlich mit Anne, nicht mit mir. »Sagen wir es so, seit vier Monaten weiß ich es. Vorher habe ich ihn drei Jahre ignoriert.« Sie kicherte kurz, beinahe verlegen. »Zu viele verlockende Angebote da draußen. Jedenfalls: Ich wollte ihn belohnen. Aber, nun, er konnte nicht performen, der Kleine. Es ist so, als würde er zwar hart, aber nicht mehr so wie früher. Sein Schwanz wirkt kleiner, auch erregt. Das ist erstmal egal, nicht der Rede wert. Aber dann, jeder Hauch einer Ablenkung lässt ihn wieder zusammenfallen. Ich reize ihn sofort. Doch dann braucht er Berührung, Stimulation.

Er kann nicht mal von A nach B gehen, ohne dass er wieder einknickt. Es läuft plötzlich Werbung in der sinnlichen Playlist: Zack, klein. Ich ziehe ihm das Kondom über, damit er mich nicht direkt spürt? Reicht, um ihn rauszubringen. Aber es genügen auch zärtliche Küsse, Dirty Talk direkt über seinem Ohr, sinnlicher Kontakt, und er ist wieder da. Mache ich den Fehler und reite auf ihm, wir lieben es eigentlich beide, fällt er in mir zusammen, er spürt mich so nicht mehr richtig. Und spürt er nichts, kann er nicht bestehen. Nach all den Momenten, die ihn stark verunsichern, seine Männlichkeit auf eine Weise verletzen, von der er selbst immer glaubt, er ginge souverän über sie hinweg, biete ich ihm mein Hinterteil an, er soll mich doggy ficken. Ich selbst bin dann reif, feucht und ausgehungert, brauche einen Schwanz. Das bringt ihn voll in Fahrt. Vier, fünf Stöße und schon endet die wilde Fahrt in seiner nicht für ihn kontrollierbaren Erlösung. Helen, er war mal gut. Jetzt ist er ... Also, Frau Doktor, ist es ein medizinisches oder psychologisches Problem? Halte ich ihn zu lange keusch? Braucht er Übung? Oder lassen wir es ganz? Ich meine ... Julian! Hi, na?«

*

Ich musste mich konzentrieren, meine Augen wurden feucht, Hitze durchströmte meinen Körper. Ihr Vortrag schonungslos. Liebevoll, ginge es darum, sich um mich zu kümmern. Allerdings gnadenlos vor diesem Publikum. Jetzt tönte es wie ein Scheitern. »Alex, okay. Mach dir keine Sorgen. Du bist 47. Ich höre noch nichts, was mir ungewöhnlich vorkommt. Die sexuelle Leistungsfähigkeit ist auf Zeugungsfähigkeit ausgerichtet. Hier erreichen Männer ihren Peak zwischen 18 und 30. Danach geht es auf unterschiedliche Weise leider bergab. Das ist bei jedem sehr anders. Vereinfachen wir es: Die eine Hälfte hat gar keine Probleme. Oder kompensiert sie besser. Durch gesunden Lebensstil, Sport, und ja, mitunter auch eher ein Nicht-Nachdenken. Bei allen anderen gibt es vielfältige, nennen wir sie ruhig: Störungen. Mindestens im Ablauf, den sie gewohnt sind. Bist du bereit für ein paar Fragen und eine kleine Untersuchung?« Ich war es nicht. Und wollte es aber sein. »Ja.« Helen lächelte hörbar. »Komm, wir gehen rüber zur Behandlungsliege. Dann können die Beiden sich auch etwas besser kennenlernen. Anne, gib mir bitte den Schlüssel für den Cage. Danke, Liebes.« Ich schaute sie an. Ihre Schönheit, das mir offen zugewandte Gesicht, keine Boshaftigkeit, selbst im bösen Spiel. Ich war hier in guten Händen.

*

Helen zog einen Paravent vor die Liege, mein Blick zur Couch war verdeckt, plötzlich zwei Paare fast in zwei Räumen, dennoch beieinander. Ich hörte Anne »Leg einfach los!« sagen, nicht genervt, eher mit einer Stimme, die ich von ihr erst nach zwei Gläsern Rotwein kenne. Ich lag auf dem Rücken, die Beine angewinkelt, Helen roch nach Versuchung und Sünde, aber auch nach Zitrusfrüchten und Frühling. Sie öffnete meinen Peniskäfig, zog ihn ab, legte ihn beiseite. Dann tastete sie mich rasch ab, ohne weitere Vorwarnung, klug, sicher, um mich nicht zu erregen, griff dann zum Ultraschall, untersuchte mich ausführlich. Julian war nicht zu hören, stummer Held. Anne hauchte ihre Lust in die Luft, Kleidung fiel, Atmosphäre verdichtete sich zu einem Konzert der Lust. »Alles altersgerecht, Boy. Keine Sorge. Dreh dich mit dem Gesicht zur Wand, Rücken zu mir, die Prostata ist dran.« Gleitgel, ihr Finger in mir. Kurz, bestimmt, ohne Vorspiel, technischer Vorgang. »Alles okay, mein Lieber. Dreh dich wieder zu mir um, ich habe jetzt Fragen.« Anne war mit den Lippen auf Julians Schwanz angekommen. Wir hörten es beide. Helen grinste mir ins Gesicht. »Glaub mir, sie wird ihn genießen. Sein Schwanz ist fantastisch.« Ich blickte zu Boden. »Na, na, na, Kopf hoch, hier bin ich.« Wieder ein warmes Lächeln. Mein Drang, sie zu küssen. Ihre Antizipation. Ein kurzes Kopfschütteln, noch bevor ich mich überhaupt bewegen konnte. »Die beiden sind getestet. Hier geht nichts schief. Allerdings, Ovulation, Baby, sie ist gerade wunderhübsch fruchtbar. Das hat sie mir heute Morgen im Chat verraten.« Meine Augen wurden groß, ich hatte Sorge, sie nicht mal mehr im Kopf zu behalten. »Ja, Cucki, vielleicht ist es ja das, weswegen wir hier sind. You never know. Until you know.« Sie streichelte meinen Oberschenkel, Anne würgte, Julians erste Worte, der Kleine spricht: »Nimm, was ich dir gebe. Du kannst das, Bitch.« Ich wurde hart, Helen nickte zufrieden. »Gut, geht. Wie ist das morgens, Latte oder keine?« »Wird seltener und weniger und eher so halbsteif.« Wieder ein Nicken. »Kein Problem, immerhin passiert's. Wie wichst du?« Ich wurde wieder schlapp. Sie kommentierte sofort. »Ah. Das meinte sie also. Ablenkungen jeder Art. *Denken.* Antworte, bitte.« Sie stimulierte mich mit der Hand, ich kehrte zurück, Schweiß rann mir von der Stirn. Annes Lust, als liefe hinter dem Paravent ein Film für Erwachsene. »Helen, ich, also ... nicht selten, manchmal mehrmals am Tag. Meist morgens. Ich werde dabei nicht mal immer hart. Ich komme natürlich immer, manchmal aber auch ... nun, komme ich schlaff. Ich muss mich nicht selten sehr konzentrieren, will aber Erlösung, bin fast süchtig nach Erlösung. Es macht mich verrückt.« »Schh, du bist gut, Baby Boy. Ich verstehe das. Immerhin fickt deine Frau fremd, macht dich zum Cucki. Doch du bist ein Mann. Mit allem, was dazugehört. Willst selbst Lover sein. Zeigen, dass du es kannst. Das ist ein wenig zu viel für dich. Warte mal.« Sie näherte sich langsam, ich sah sie fast in Zeitlupe. Ihre Lippen auf meinem Schwanz, erst ein Kuss, dann ihr Zungenspiel, ich stieg auf, nicht nur zur Härte, sondern auch heraus aus meinem

Körper, in den Raum. Sie pausierte kurz. »Entspann dich, Alex. Heute geht es um uns alle. Es ist mir ein Fest.«

*

Helen blieb zärtlich, bis Anne und Julian uns ihre Lust ins Hirn hämmerten, laute Schreie der Ekstase, besonders ihre. Jetzt nahm sie ihre Hände zur Hilfe, blies energisch, pausierte, flüsterte »Komm in mir«, schaute mir in die Augen, sank wieder hinab. Ich ergoss mich heftig. In ihrem Mund. Und schrie selbst. Totaler Kontrollverlust. Urknall der Gefühle, verglüht und geboren zwischen den Sternen. Anne kam. Ich war gekommen. Helen schob sich zu mir hoch, öffnete meine Lippen mit ihren Fingern, küsste mir meinen eigenen Saft in den Hals, setzte sich auf meinen Schoß, rückte an mich heran, ein langer Kuss, den sie sichtlich genoss, den sie nicht mal unterbrach, als wir hörten, wie Anne und Julian sich wieder aus der Gier in den Smalltalk zurückpuzzelten. Wir waren ineinander verstrickt, so wie es nur beim ersten Mal geschieht. Unerklärlicher Drang nach Unendlichkeit, ein Fest für Schmetterlinge, fragile Unschuld vor dem Blutbad der Erinnyen. Wir küssten uns und vergaßen die Zeit. Das Leben aus dem Leib, der Leib in Zuckerwatte. Lebendig erst durch den kleinen Tod. Es war Anne, die uns unterbrach. Sie warf ein gefülltes Kondom auf die Liege, es landete direkt neben uns. »Hey, Turteltäubchen, hört mal auf. Oder willst du, dass *er* schwanger wird, Chérie?« Helen wurde feuerrot, noch vor meinem Gesicht, ihre Augen verhakt in meinen. Dann rückte sie von mir ab. »Entschuldigung. Alex, du bist übrigens ziemlich, nun, *okay*. Ich nehme dir gleich noch ein wenig Blut ab, wir machen ein bisschen Labor. Manchmal ist es auch nur der Testosteronspiegel. Oder vermutlich bei dir einfach gar nichts. Außer der diabolische Druck deiner Cuckoldress. Danke!« Sie zwinkerte mir zu, säuberte die Liege von Annes Hinterlassenschaft, schickte mich zu meiner Kleidung und verschwand hinter dem Paravent. Anne funkelte mich an, mit süßer Zuneigung und bestens durchblutetem Körper. Auch über ihre Lippen erreichte mich Nähe und Dankbarkeit. Nur anders. Auf ihre und somit unsere Weise. »Komm, wir kaufen ihm noch ein Eis und fahren zurück nach Hause, mein kleiner Casanova.«

*** ***

Dank

Cuckolds Leid: Cuckold's Delight ist rein dem Vergnügen gewidmet. Eine fröhlich-lüsterne Cocktailstunde an einem angenehmen Sommertag. Diese Stimmung führte die Feder des Autors. Ein Autor meines Namens, der nach *Hinter dem Schmerz nichts als Romantik* offenkundig sein Thema gefunden hat. Über die Zufälligkeit oder die Zwangsläufigkeit dieses Umstands kann er selbst nur spekulieren, der Herr Bach. Er nimmt es im Wesentlichen aber als großen Glücksfall wahr.

Cuckolding ist ein Lifestyle, dem sich nur Menschen mit offenen Herzen widmen können, wenn sie ernsthaft eintauchen. Es braucht Stärke, Kraft. Und das Talent, sich bis in die Tiefen der eigenen Seele zu begeben, um all seine Sehnsüchte und Ängste, die ganze unverstellte Lust, seine Verletzlichkeit und die wildeste Erregung mit den Mitliebenden zu teilen. Mein herzlichster Dank gilt allen **Cuckolds** und **Cuckoldresses** dieser Welt, die ihre Neigung leben, einfach weil sie lieben. Ihr seid Rockstars. Großartig!

A. Wir beide wissen, dass es dieses Buch ohne dich nicht geben würde. Und ohne dieses Buch wiederum würde es etwas nicht geben, für das ich immer dankbar sein werde. Ich habe das nicht erwartet, auch wenn ich es herbeigeführt habe. 143. Es ist mir ein unvergleichlich schönes Fest.

INHALT

Quellennachweis
Zitat aus: Max Frisch, Tagebuch 1946-1949. Ausgabe: suhrkamp taschenbuch 1148, erste Auflage 1985, Seite 371. Copyright Suhrkamp Verlag.

Über den Autor

Gilbert Bach wurde 1976 in Düsseldorf geboren. Auch heute noch wohnt er in der Nähe. Mit *Hinter dem Schmerz nichts als Romantik* hat er 2023 sein von seinen Leserinnen begeistert aufgenommenes Romandebüt gefeiert. Vielfalt des Liebens, hedonistische Freiheit und erotischer Candaulismus sind seine Themen. Das Leben, findet Herr Bach, sei erzählenswert.

In Geschichten. Als Möglichkeit.